嵐の中の灯台

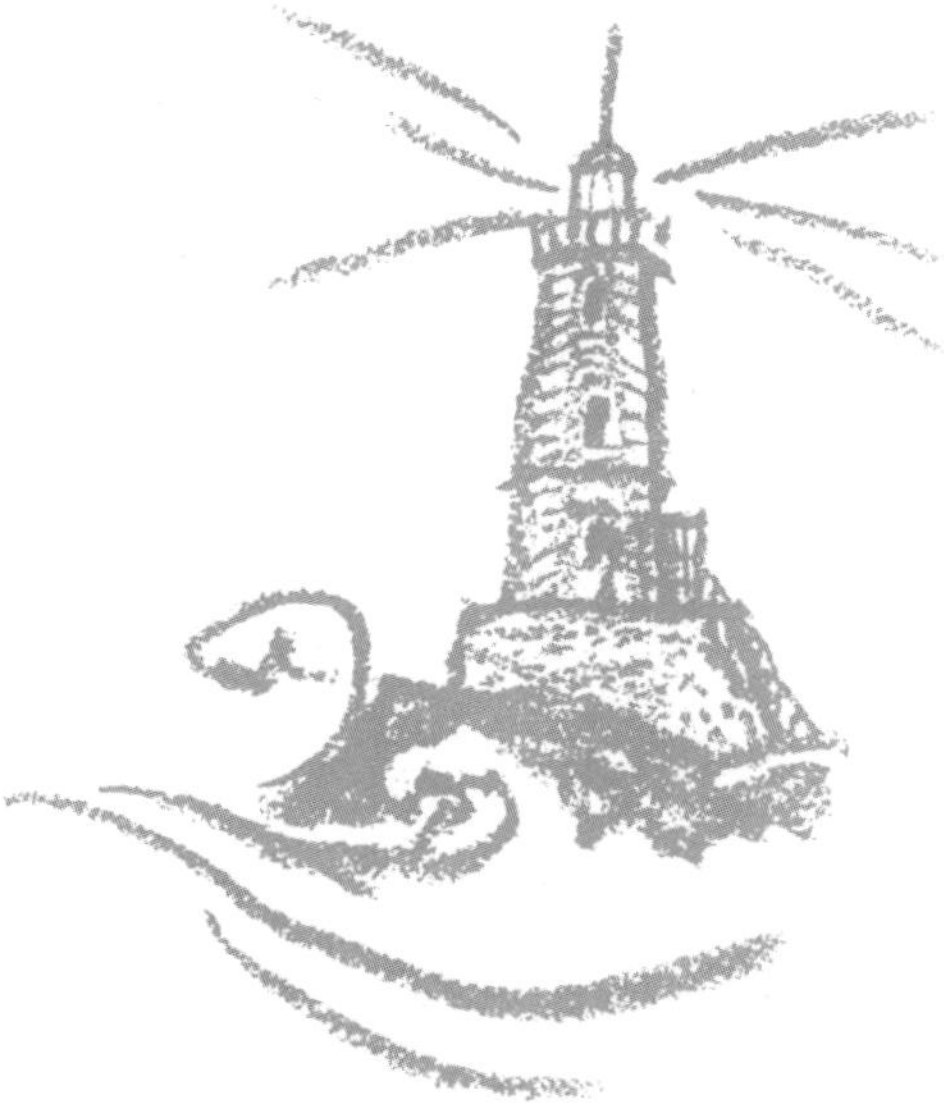

目次

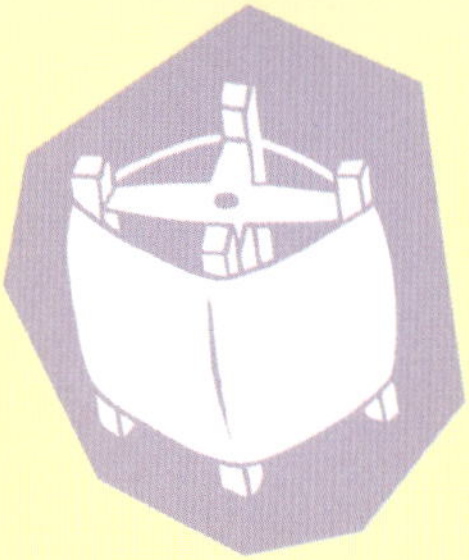

もくじ

嵐の中の灯台

Ta

真《ま》っ暗《くら》で何《なに》も見《み》えなかった沖《おき》の方《ほう》から
ぱっと、一筋《ひとすじ》の光《ひかり》が射《さ》して来《き》ました。
「あっ、あれは！」
彼《かれ》は思《おも》わず
漕《こ》ぎ出《だ》そうとしていた手《て》を止《と》めて、
じっと光《ひかり》の方《ほう》をみつめました。

昔《むかし》、北《きた》アメリカのある離《はな》れ小島《こじま》に、古《ふる》びた灯台《とうだい》が一《ひと》つだけ立《た》っていました。その小島《こじま》には、町《まち》もなければ村《むら》もなく、マニングという灯台守《とうだいも》りと、八《やっ》つになる娘《むすめ》のアイダの二人《ふたり》が、ひっそりと暮《く》らしていました。父《ちち》のマニングは、油《あぶら》や食料《しょくりょう》を買《か》うために、しばしば向《む》こう岸《ぎし》の港《みなと》の町《まち》へと出《で》かけました。

その朝《あさ》も、父《ちち》は、いつもと同《おな》じように、

「夕方《ゆうがた》までには帰《かえ》って来《く》るから、いい子《こ》で待《ま》っているんだよ。」

と娘《むすめ》に言《い》い残《のこ》し、小舟《こぶね》に飛《と》び乗《の》って漕《こ》ぎ出《だ》しました。

「いってらっしゃい。気《き》をつけてね。」

小《ちい》さな娘《むすめ》もいつものように手《て》を振《ふ》って父《ちち》を見送《みおく》ります。

父《ちち》を乗《の》せた小舟《こぶね》は、海面《かいめん》に白《しろ》い波《なみ》を分《わ》けて、次第《しだい》に娘《むすめ》から遠《とお》ざかっていきました。

空《そら》は、どこまでも抜《ぬ》けるように青《あお》く、海《うみ》は、鏡《かがみ》のように静《しず》かな朝《あさ》でした。

◆

ところが、マニングが、向《む》こう岸《ぎし》の港《みなと》に上陸《じょうりく》し、用《よう》を済《す》ませているうちに、天気《てんき》が、にわかに悪《わる》くなってきました。空《そら》が夕暮《ゆうぐ》れのように暗《くら》くなり、強《つよ》い風《かぜ》が吹《ふ》きだしました。やがて雷《かみなり》が鳴《な》り始《はじ》め、大嵐《おおあらし》になりました。

「ああ、大変《たいへん》なことになってしまった。自分《じぶん》がいなければ、誰《だれ》も灯台《とうだい》に明《あ》かりを点《つ》ける者《もの》がいない。明《あ》かりが点《つ》かなかったら、沖《おき》は真《ま》っ暗《くら》だ。船乗《ふなの》りたちが、大変《たいへん》な目《め》に遭《あ》うぞ。」

マニングは、急《きゅう》に自分《じぶん》の任務《にんむ》のことが心配《しんぱい》になりました。それに、灯台《とうだい》に一人残《ひとりのこ》してきた娘《むすめ》のことも心配《しんぱい》になってきました。そう思《おも》うと、いても立《た》ってもいられません。無理《むり》にでも島《しま》へ帰《かえ》ろうとしました。しかし、彼《かれ》の回《まわ》りの人々《ひとびと》は、心配《しんぱい》してどうしても許《ゆる》してくれません。

「こんな嵐《あらし》に、小舟《こぶね》で乗《の》り出《だ》すなんて無茶《むちゃ》だ。気《き》でも狂《くる》ったか。」

皆《みな》、声《こえ》をそろえて彼《かれ》の行《ゆ》く手《て》を阻《はば》むのでした。

マニングは、仕方《しかた》なく嵐《あらし》が止《や》むのを待《ま》っていましたが、嵐《あらし》は夕刻《ゆうこく》になっても一向《いっこう》に衰《おとろ》える様子《ようす》がありません。空《そら》はすっかり暗《くら》くなって、灯台《とうだい》に明《あ》かりを点《つ》ける時刻《じこく》もとっくに過《す》ぎてしまっています。マニングの気持《きも》ちはますますあせるばかりでした。

「明《あ》かりを点《つ》けなければ、船《ふね》が遭難《そうなん》してしまうかもしれない。こうなったら、どんなに嵐《あらし》が吹《ふ》こうが、かまうものか。」

島《しま》に戻《もど》ることを決心《けっしん》した彼《かれ》は、人々《ひとびと》の目《め》をかすめて風雨《ふうう》の中《なか》を一目散《いちもくさん》に駆《か》け出《だ》しました。そして、何度《なんど》も強《つよ》い風《かぜ》に飛《と》ばされそうになりながら、ようやく港《みなと》につないである小舟《こぶね》に飛《と》び込《こ》んだのでした。彼《かれ》は濡《ぬ》れたオールをしっかりと握《にぎ》り、荒波《あらなみ》の中《なか》へ漕《こ》ぎ出《だ》そうとしました。

その時《とき》です。真《ま》っ暗《くら》で何《なに》も見《み》えなかった沖《おき》の方《ほう》から、ぱっと、一筋《ひとすじ》の光《ひかり》が射《さ》して来《く》るではありませんか。

「あっ、あれは確《たし》かに、灯台《とうだい》の光《ひかり》だ。」

誰《だれ》かが明《あ》かりを点《つ》けたのです。彼《かれ》は思《おも》わず舟《ふね》を漕《こ》ぎ出《だ》そうとしていた手《て》を止《と》めました。

島《しま》に残《のこ》っていた娘《むすめ》のアイダは、日《ひ》も暮《く》れてしまったというのに、父《ちち》がなかなか帰《かえ》らず、しかも嵐《あらし》がいよいよ酷《ひど》くなるので、父《ちち》のことが心配《しんぱい》でなりませんでした。

「こんな嵐《あらし》に、お父《とう》さんは、どうしているのかしら。島《しま》に帰《かえ》ろうとして、舟《ふね》に乗《の》ってでもいたら、大変《たいへん》…。それにもう灯台《とうだい》に明《あ》かりを点《つ》ける時間《じかん》なのに…。このままだと、船乗《ふなの》りたちが海《うみ》に迷《まよ》ってしまうわ。いったいどうしたらいいの…。」

娘《むすめ》は心配《しんぱい》のあまり、さっきから何度《なんど》も部屋《へや》の中《なか》を行《い》ったり来《き》たりしていたのです。

ついに娘《むすめ》のアイダは、自分《じぶん》の力《ちから》で明《あ》かりを点《つ》けようと決心《けっしん》しました。そして、健気《けなげ》にも、急《きゅう》な梯子《はしご》を伝《つた》って、灯台《とうだい》の頂上《ちょうじょう》へ登《のぼ》り始《はじ》めました。見上《みあ》げると、周囲《しゅうい》がガラス張《ば》りになっている灯台《とうだい》の頂上《ちょうじょう》は、今《いま》にも崩《くず》れ落《お》ちそうなほどにガダカタと激《はげ》しく震動《しんどう》しているではありませんか。外《そと》は、雨風《あめかぜ》がすさまじく吹《ふ》き荒《あ》れ、大浪《おおなみ》が山《やま》のように打《う》ち寄《よ》せていました。

しかし、このまま引《ひ》き下《さ》がるわけにはいきません。娘《むすめ》は死《し》に物狂《ものぐる》いで、頂《ちょうじょう》上に登《のぼ》り着《つ》きました。揺《ゆ》れる床《ゆか》をはうようにして、隅《すみ》の方《ほう》から重《おも》い椅子《いす》を運《はこ》んで来《き》て、頂《ちょうじょう》上の中央《ちゅうおう》にあるランプの下《した》に置《お》きました。彼女《かのじょ》は、それを足場《あしば》にして火《ひ》を灯《とも》そうとしたのです。

しかし、思《おも》いっきり手《て》を伸《の》ばし体《からだ》を伸《の》ばしても、なかなかランプに手《て》が届《とど》きません。そこで、また灯台《とうだい》の下《した》の部屋《へや》に戻《もど》り、必死《ひっし》の思《おも》いで、数冊《すうさつ》の分厚《ぶあつ》い本《ほん》を抱《かか》えて来《き》ました。そして、椅子《いす》の上《うえ》にそれを積《つ》み上《あ》げて高《たか》い足場《あしば》をつくり、その上《うえ》に登《のぼ》りました。

「あと少《すこ》し。もう少《すこ》し。」

思《おも》いきり手《て》を伸《の》ばし、つま先《さき》だった指先《ゆびさき》に力《ちから》を込《こ》めた瞬間《しゅんかん》、ぱっと部屋《へや》の中《なか》が明《あか》るくなりました。
ランプに火《ひ》が点《つ》いたのです。

父《ちち》のマニングが舟《ふね》を漕《こ》ぎ出《だ》そうとしたのは、ちょうど、このときのことでした。

「あの灯台《とうだい》にはアイダ以外《いがい》誰《だれ》もいないはずだ。」

父《ちち》は、闇夜《やみよ》に輝《かがや》く灯台《とうだい》の光《ひかり》をはるかに望《のぞ》み見《み》て、娘《むすめ》が一人《ひとり》で灯台《とうだい》のランプに火《ひ》を灯《とも》してくれたことを悟《さと》りました。

「おお、なんと頼《たの》もしい灯台守《とうだいも》りの娘《むすめ》よ。お父《とう》さんは今《いま》からすぐに駆《か》けつけるからな。それまで、しっかり番《ばん》をしておくれ。」

思《おも》わず目《め》に涙《なみだ》をいっぱいにためた父《ちち》は、灯台《とうだい》の光《ひかり》に向《む》かって、そう叫《さけ》びました。それから自分《じぶん》でも不思議《ふしぎ》なほどに湧《わ》いてくる力《ちから》にまかせて、島《しま》に向《む》かって必死《ひっし》に漕《こ》いで行《い》きました。

◆

マニングが島《しま》へ着《つ》いたころには、風《かぜ》もすっかり収《おさ》まり、海《うみ》はまるで湖《みずうみ》のように静《しず》まっていました。迎《むか》えに出《で》て来《き》た娘《むすめ》の姿《すがた》を見《み》ると、マニングの目《め》にはどっと涙《なみだ》が溢《あふ》れてきました。

「よかった、無事《ぶじ》だったか。こんな小《ちい》さな体《からだ》で、さぞかし怖《おそろし》かっただろうに。」

父《ちち》は、やさしくそう言《い》って、娘《むすめ》を強《つよ》く抱《だ》きしめました。

「お父《とう》さん。」

娘《むすめ》は、そう言《い》ったきり何《なに》も言《い》えなくなり、父《ちち》に抱《だ》かれたままただむせび泣《な》くばかりでした。

二人《ふたり》の背後《はいご》では、古《ふる》びた灯台《とうだい》がいつものように、夜《よる》の海《うみ》を明《あか》るく照《て》らし出《だ》していました。

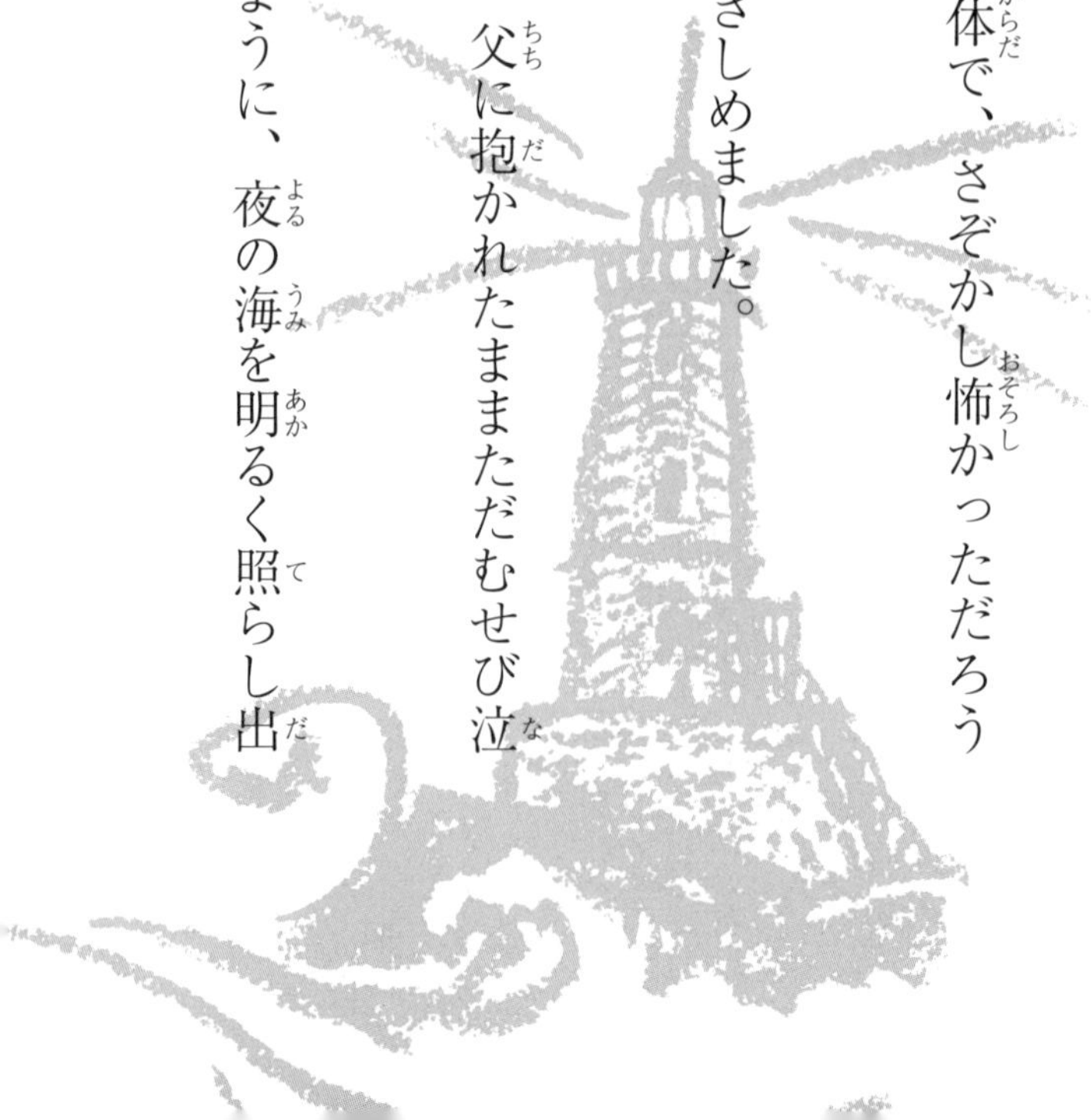

小さなネジ

暗《くら》い箱《はこ》の中《なか》に仕舞《しま》い込《こ》まれていた小《ちい》さなネジが、ふいにピンセットに挟《はさ》まれ、明《あか》るい所《ところ》に放《ほう》り出《だ》されました。

ネジは驚《おどろ》いてあたりを見回《みまわ》しました。いろいろな物音《ものおと》や物影《ものかげ》がごたごたと耳《みみ》や目《め》に入《はい》って来《く》るばかりで、何《なに》が何《なに》やらさっぱりわかりません。

しばらくして落《お》ち着《つ》いて見《み》ると、ここは時計屋《とけいや》の店《みせ》の中《なか》だということがわかりました。いま自分《じぶん》のいる所《ところ》は、作業 机《さぎょうづくえ》の上《うえ》に置《お》かれている、小《ちい》さなふたのついたガラス容器《ようき》の中《なか》です。そばには小《ちい》さな心棒《しんぼう》や歯車《はぐるま》、ぜんまいなど、時計《とけい》の部品《ぶひん》がいろいろと並《なら》んでいます。キリやネジ回《まわ》し、ピンセット、小《ちい》さな金鎚《かなづち》など、さまざまな道具《どうぐ》も、同《おな》じ作業 机《さぎょうづくえ》の上《うえ》に置《お》かれています。そして、周囲《しゅうい》の壁《かべ》やガラス戸棚《とだな》には、いろいろな時計《とけい》がたくさん並《なら》んでいます。カチカチと気《き》ぜわしいのは置時計《おきどけい》、カッタリカッタリと振《ふ》り子《こ》を動《うご》かしているのは柱 時計《はしらどけい》です。

ネジは、これらの道具《どうぐ》や時計《とけい》をあれこれと見比《みくら》べて、あれは何《なん》の役《やく》に立《た》つのだろうか、これはどんな所《ところ》に置《お》かれるのだろうか、などと考《かんが》えているうちに、ふと自分《じぶん》の身《み》の上《うえ》に考《かんが》えが及《およ》んできました。

「ぼくはなんて小《ちい》さくてつまらないんだろう。あのいろいろな道具《どうぐ》、たくさんの時計《とけい》、形《かたち》も大《おお》きさもそれぞれ違《ちが》っているけれど、どれを見《み》ても自分《じぶん》より大《おお》きく、偉《えら》そうにみえる。自分《じぶん》だけがこんなに小《ちい》さくて、何《なん》の役《やく》にも立《た》ちそうにない。ああ、なんという情《なさ》けない身《み》の上《うえ》だろう。」

すると突然《とつぜん》、ばたばたと音《おと》がして、小《ちい》さな子供《こども》が二人《ふたり》、奥《おく》の部屋《へや》から走《はし》って来《き》ました。男《おとこ》の子《こ》と女《おんな》の子《こ》です。二人《ふたり》はそこらを見回《みまわ》していましたが、男《おとこ》の子《こ》はやがて作業《さぎょう》机《づくえ》の上《うえ》の物《もの》をあれこれといじり始《はじ》めました。女《おんな》の子《こ》はただじっと見守《みまも》っていましたが、やがて、さっきの小《ちい》さなネジを見《み》つけて、

「まあ、かわいいネジ。」

と叫《さけ》びました。

男《おとこ》の子《こ》は指先《ゆびさき》でそれをつまもうとしましたが、あまりにも小《ちい》さいので、つまむことができません。二度《にど》、三度《さんど》とやり直《なお》して、やっとの思《おも》いでつまんだかと思《おも》うと、こんどはとうとう床《ゆか》の上《うえ》に落《お》としてしまいました。さあ、大変《たいへん》です。二人《ふたり》の子供《こども》たちは思《おも》わず顔《かお》を見合《みあ》わせてしまいました。ネジは作業《さぎょう》机《づくえ》の脚《あし》の陰《かげ》に転《ころ》がっていきました。

この時《とき》、ゴホン、ゴホンと咳払《せきばら》いの声《こえ》が聞《き》こえてきました。子供《こども》たちの父《ちち》親《おや》である時計屋《とけいや》の主人《しゅじん》が入《はい》って来《き》たのです。

「ここで遊《あそ》んではいけないとあれほど言《い》っておいたのに。何度《なんど》言《い》ったらわかるんだ。」

と、子供《こども》たちを叱《しか》りつけた父親《ちちおや》は、作業机《さぎょうづくえ》の上《うえ》を見《み》て、さっきピンセットで出《だ》しておいたネジがないのに気《き》がつきました。

「ネジがない。誰《だれ》だ、仕事台《しごとだい》の上《うえ》をかき回《まわ》したのは。ああいうネジはもう品《しな》切《ぎ》れになって、あれ一《ひと》つしかないんだぞ。あれがなかったら、町長《ちょうちょう》さんの懐中時計《かいちゅうどけい》を直《なお》せなくなってしまう。さあ、皆《みんな》で探《さが》すんだ。」

ネジはこれを聞《き》いて、びっくりしました。

「もう自分《じぶん》は何《なん》の役《やく》にも立《た》たない、つまらないものと諦《あきら》めていたけれど、その自分《じぶん》を必要《ひつよう》としている人《ひと》がいるんだ。こんなに小《ちい》さな自分《じぶん》でも役《やく》に立《た》つんだ。」

と思《おも》うと、嬉《うれ》しくて嬉《うれ》しくて胸《むね》がわくわくしてきました。でも、その一方《いっぽう》で、

「こんな所《ところ》に転《ころ》げ落《お》ちてしまって、本当《ほんとう》に見《み》つかるのだろうか。もし見《み》つからなかったら…。」

それがまた心配《しんぱい》でたまらなくなってきました。

親子《おやこ》は総《そう》がかりで探《さが》し始《はじ》めました。ネジは
「ここにいます。」
と叫《さけ》びたくてたまりませんでしたが、口《くち》がきけません。三人《さんにん》はさんざん探《さが》し回《まわ》ったあげく、とうとう見《み》つけることができなかったので、がっかりしてしまいました。しかしそれ以上《いじょう》にがっかりしたのは、ネジ自身《じしん》です。

ところが、ちょうどその時《とき》です。今《いま》まで雲《くも》の中《なか》に隠《かく》れていた太陽《たいよう》が突然《とつぜん》、顔《かお》を出《だ》しました。日光《にっこう》が店《みせ》いっぱいに射《さ》し込《こ》み、同時《どうじ》に、ネジがその光《ひかり》を受《う》けてピカリと光《ひか》りました。作業机《さぎょうづくえ》のそばで、かがみ込《こ》んで下《した》を見《み》つめていた女《おんな》の子《こ》はそれを見《み》つけて、

「あら。」

と思《おも》わず叫《さけ》びました。

父親《ちちおや》も喜《よろこ》びました。子供《こども》も喜《よろこ》びました。そして、誰《だれ》よりも一番《いちばん》喜《よろこ》んだのはネジでした。

時計屋《とけいや》の主人《しゅじん》はさっそくピンセットでネジを摘《つ》まみ上《あ》げて、大事《だいじ》そうに元《もと》のふたのついたガラス容器《ようき》の中《なか》へ入《い》れました。そして懐中時計《かいちゅうどけい》を一《ひと》つ取《と》り出《だ》してきて、それをいじっていましたが、やがてピンセットでネジを摘《つ》まんで機械《きかい》の穴《あな》に差《さ》し込《こ》み、小《ちい》さなネジ回《まわ》しでしっかりと締《し》めました。

すると、今《いま》まで死《し》んだようになっていた懐中時計《かいちゅうどけい》が、たちまち愉快《ゆかい》そうにカチカチと音《おと》を立《た》てて動《うご》き始《はじ》めました。ネジは、

「自分《じぶん》がここに入《はい》ったために、この時計全体《とけいぜんたい》がまた元気《げんき》に働《はたら》けるようになったんだ。」

と思《おも》うと、嬉《うれ》しくて嬉《うれ》しくて、たまらなくなりました。時計屋《とけいや》の主人《しゅじん》も仕上《しあ》げた時計《とけい》をちょっと耳《みみ》に当《あ》ててから、いかにも満足《まんぞく》げに、その時計《とけい》をガラス

戸棚《とだな》の中《なか》に吊《つ》り下《さ》げました。

◆

一日《いちにち》おいて町長《ちょうちょう》さんが、やって来《き》ました。

「時計《とけい》は直《なお》りましたか。」

「直《なお》りました。ネジが一本《いっぽん》痛《いた》んでいたので、取《と》り替《か》えておきました。具合《ぐあい》の悪《わる》いのはそのためでした。」

と、言《い》って時計屋《とけいや》の主人《しゅじん》は修理《しゅうり》した時計《とけい》を町長《ちょうちょう》さんに渡《わた》しました。ネジは、

「自分《じぶん》も本当《ほんとう》に役《やく》に立《た》っているんだ。決《けっ》してつまらない存在《そんざい》ではなかったんだ。」

と心《こころ》から満足《まんぞく》し、誇《ほこ》らしく思《おも》いました。

青の洞門

今《いま》は紅葉《こうよう》の名所《めいしょ》になっている
大分県《おおいたけん》「耶馬渓《やばけい》」。
ここ山国川《やまくにがわ》沿《ぞ》いの険《けわ》しい谷《たに》あいに、
何十年《なんじゅうねん》もかかってひとりで
岩山《いわやま》に穴《あな》を掘《ほ》り続《つづ》けた
旅《たび》のお坊《ぼう》さんがいました。

江《え》戸《ど》時《じ》代《だい》の享保九年《きょうほうきゅうねん》（一七二四《せんななひゃくにじゅうよん》）の秋《あき》のことです。豊前《ぶぜん》の国《くに》（現在《げんざい》の大分県《おおいたけん》の北部《ほくぶ》）に古《ふる》くからある霊場《れいじょう》（多《おお》くの人々《ひとびと》の信仰《しんこう》を集《あつ》めている神社《じんじゃ》やお寺《てら》の神聖《しんせい》な場所《ばしょ》）、羅漢寺《らかんじ》に参詣《さんけい》するため、禅海《ぜんかい》という一人《ひとり》の旅《たび》の僧《そう》が、山国川《やまくにがわ》という川《かわ》に沿《そ》った岩道《いわみち》を歩《ある》いていました。すると、道《みち》の向《む》こうで、数人《すうにん》の村人《むらびと》が、道端《みちばた》で何事《なにごと》か騒《さわ》いでいました。

「お坊《ぼう》さん、良《よ》いところに来《き》て下《くだ》さいました。お経《きょう》をお願《ねが》い申《もう》します。」

見《み》ると、むしろをかぶせた亡《な》きがら（死体《したい》）に取《と》りすがって、その妻《つま》と子《こ》供《ども》と思《おも》われる者《もの》が泣《な》いています。

「これはいったい、どうしたのですか。」

「はい、あなたは、旅《たび》のお方《かた》で、ご存《ぞん》じないと思《おも》いますが、この川沿《かわぞ》いの道《みち》を少《すこ》し上《のぼ》ると『鎖渡《くさりわた》し』といって、山《やま》のきりたった崖《がけ》を登《のぼ》っていく大変危《たいへんあぶな》い所《ところ》がございます。この人《ひと》は気《き》の毒《どく》に、そこを渡《わた》るとき、足《あし》をすべらせ、下《した》の急流《きゅうりゅう》に真《ま》っ逆《さか》さまに落《お》ち込《こ》んで溺《おぼ》れてしまったのです。羅漢寺《らかんじ》にお参《まい》りするためには、どうしてもそこを通《とお》らねばならないので、毎年十人《まいとしじゅうにん》ほどの人《ひと》が、このように命《いのち》を落《お》としております。」

何《なん》という哀《あわ》れなことでしょう。禅海《ぜんかい》はその死人《しにん》に、心《こころ》をこめてお経《きょう》を唱《とな》えました。そして、鎖渡《くさりわた》しという所《ところ》へ足《あし》を急《いそ》がせました。

なるほど、村人《むらびと》が言《い》うとおり、普通《ふつう》の山道《やまみち》はそこでふっつりと途絶《とだ》え、大《おお》きな岩山《いわやま》が立《た》ちはだかっていました。そして、そこから先《さき》は、断崖《だんがい》の中腹《ちゅうふく》を、松《まつ》や杉《すぎ》などの丸太《まるた》を鎖《くさり》でつないで渡《わた》しただけの、吊《つ》り橋《ばし》のような、体《からだ》一人分《ひとりぶん》しか通《とお》れない細《ほそ》い道《みち》が、約三百《やくさんびゃく》メートルも続《つづ》いているのです。上《うえ》は三十《さんじゅう》メートルの絶壁《ぜっぺき》、足元十五《あしもとじゅうご》メートル下《した》には急流《きゅうりゅう》が渦巻《うずま》いています。通《とお》りなれた村《むら》の人《ひと》でも、下《した》をみると、ぞっと立《た》ちすくんでしまいそうな難所《なんしょ》（通《とお》るのに困難《こんなん》な所《ところ》）なのです。

禅海《ぜんかい》は大《おお》きく息《いき》を吸《す》って心《こころ》を落《お》ち着《つ》けると、念仏《ねんぶつ》を唱《とな》えながら渡《わた》っていきました。岩《いわ》にしがみつくようにして、ぐらぐらと揺《ゆ》れる足場《あしば》を一歩一歩《いっぽいっぽ》、踏《ふ》みしめながら、ようやく渡《わた》り終《お》えたとき、その心《こころ》にある大《おお》きな決意《けつい》が湧《わ》いてきました。

「そうだ、この岩山《いわやま》をくりぬいて道《みち》を造《つく》ろう。そうすれば、羅漢寺《らかんじ》にお参《まい》りするのに難儀《なんぎ》（不自由《ふじゆう》）している人々《ひとびと》を救《すく》うことができる。一年《いちねん》に十人《じゅうにん》を救《すく》えば、十年《じゅうねん》には百人《ひゃくにん》だ。百年《ひゃくねん》、千年《せんねん》と経《た》つうちには、千《せん》、万《まん》の人《ひと》の命《いのち》を救《すく》うことができる。これこそ自分《じぶん》が求《もと》めて来《き》た、命《いのち》がけの仕事《しごと》ではないか。どんな困難《こんなん》があっても、この岩山《いわやま》をくりぬいて道《みち》を造《つく》ろう。そのために自分《じぶん》のすべてを捧《ささ》げよう。」

彼《かれ》は一生《いっしょう》の大願《たいがん》を立《た》てました。しかし、それは約三百六十《やくさんびゃくろくじゅう》メートルもの岩山《いわやま》をくりぬくという大変《たいへん》な仕事《しごと》でした。

実《じつ》は、禅海《ぜんかい》は、僧《そう》になる前《まえ》、名前《なまえ》を福原市九郎《ふくはらいちくろう》といって江戸《えど》に住《す》んでいました。その時《とき》、主人《しゅじん》に憎《にく》しみを抱《いだ》き、それがもとで主人《しゅじん》を殺《ころ》すという大罪《たいざい》を犯《おか》してしまいました。そして、身《み》を隠《かく》しながら逃《に》げ回《まわ》っては、ときどき金《かね》に困《こま》り、強盗殺人《ごうとうさつじん》を繰《く》り返《かえ》すという悪事《あくじ》を重《かさ》ねていたのです。

しかし、市九郎《いちくろう》の心《こころ》は一日《いちにち》として休《やす》まることがなく、良心《りょうしん》の苦《くる》しみに悩《なや》まされていました。とうとう慚愧《ざんき》（悔《く》い恥《は》じる気持《きも》ち）の思《おも》いに耐《た》えかねた市九郎《いちくろう》は、美濃《みの》の国《くに》（現在《げんざい》の岐阜県《ぎふけん》）の浄願寺《じょうがんじ》というお寺《てら》へ飛《と》び込《こ》みました。そして、明遍《みょうへん》という和尚《おしょう》に一切《いっさい》の罪《つみ》を打《う》ち明《あ》け、心《こころ》の救《すく》いを求《もと》めたのです。

「おまえが役人《やくにん》の手《て》によって処刑《しょけい》され、今《いま》までの罪《つみ》の報《むく》いを受《う》けるのも一《ひと》つの道《みち》であろう。しかし、それだけで、おまえの手《て》にかかって死《し》んでいった者《もの》たちは、救《すく》われるだろうか。それより、仏《ほとけ》の道《みち》に入《はい》り、命《いのち》を捨《す》てる覚悟《かくご》で、世《よ》のため人《ひと》のために奉仕《ほうし》するのが、おまえ自身《じしん》をも救《すく》うことになるのではあるまいか。」

和尚《おしょう》にこのように諭《さと》された市九郎《いちくろう》は、厳《きび》しい修行《しゅぎょう》を重《かさ》ねて僧《そう》となり、名《な》を「禅海《ぜんかい》」と改《あらた》めました。そして、これまでの罪《つみ》ほろぼしのため、世《よ》の中《なか》の役《やく》に立《た》つ仕事《しごと》に打《う》ち込《こ》みたいと誓《ちか》いを立《た》てて諸国《しょこく》を巡《めぐ》り歩《ある》いていたのです。

羅《ら》漢寺《かんじ》の参詣者《さんけいしゃ》の命《いのち》を救《すく》うために、岩山《いわやま》をくりぬいて道《みち》を造《つく》ることこそ自《じ》分《ぶん》の一生《いっしょう》の仕事《しごと》なのだ、と大願《たいがん》を立《た》てた禅海《ぜんかい》は、近《ちか》くの村々《むらむら》を回《まわ》り、その協力《きょうりょく》を求《もと》めました。

「私《わたし》は旅《たび》の僧《そう》で、禅海《ぜんかい》という者《もの》だが、鎖渡《くさりわた》しの難所《なんしょ》を、皆《みんな》が安全《あんぜん》に通《とお》れるように、あの岩山《いわやま》をくりぬいて道《みち》を通《とお》そうと思《おも》う。この事業《じぎょう》を一日《いちにち》も早《はや》く成《な》し遂《と》げるために、なにとぞ寄進《きしん》（お寺《てら》やお宮《みや》などに金銭《きんせん》や物《もの》を寄付《きふ》すること）をお願《ねが》いしたい。」

しかし、村人《むらびと》たちは、

「そんなことができると分《わ》かっていれば、とっくの昔《むかし》にやっている。」

「なんと寝言《ねごと》のような話《はなし》ではないか。」

とバカにし、あざ笑《わら》うだけで本気《ほんき》にする者《もの》はいません。なかには、

「金《かね》や物《もの》をだまし取《と》ろうとしているのかもしれない。」

と、禅海《ぜんかい》の決心《けっしん》を疑《うたが》ったり、怒《おこ》りだしたりする者《もの》もいました。禅海《ぜんかい》は、誰一人《だれひとり》として耳《みみ》を傾《かたむ》けないのを知《し》ると、独力《どくりょく》でこの大事業《だいじぎょう》を成《な》し遂《と》げようと決心《けっしん》しました。

山国川《やまくにがわ》の清流《せいりゅう》で体《からだ》を清《きよ》めると、禅海《ぜんかい》はただひたすらに祈《いの》りながら、全身《ぜんしん》の力《ちから》を込《こ》めて第一《だいいち》の鎚《つち》を打《う》ち下《お》ろしました。しかし、小《ちい》さな石《いし》のかけらが二《に》、三片《さんぺん》、巨大《きょだい》な岩山《いわやま》から飛《と》び散《ち》るばかりでした。しかし、禅海《ぜんかい》はひるむことな

く、ひと打《う》ちひと打《う》ち懸命《けんめい》に打《う》ち続《つづ》けました。岩《いわ》の側《そば》に小屋《こや》を作《つく》り、昼夜《ちゅうや》の区別《くべつ》なく、ノミを打《う》ちました。雨《あめ》が降《ふ》り、風《かぜ》が吹《ふ》き荒《あ》れても、岩《いわ》を砕《くだ》く音《おと》は止《や》みませんでした。

やがて一年《いちねん》経《た》ったとき、岩山《いわやま》には三《さん》メートルほどの洞窟《どうくつ》ができていました。三年《さんねん》経《た》っても、禅海《ぜんかい》の鎚《つち》の音《おと》は山国川《やまくにがわ》の水音《みずおと》と同《おな》じく、絶《た》え間《ま》なく響《ひび》いていました。さすがの村人《むらびと》たちも、禅海《ぜんかい》を見《み》る目《め》が少《すこ》しずつ変《か》わってきました。

「あのお坊《ぼう》さんは本気《ほんき》のようだ。まだ掘《ほ》り続《つづ》けて

いる。」

「食《た》べ物《もの》もろくに食《た》べないで、体《からだ》は大丈夫《だいじょうぶ》なのだろうか。お気《き》の毒《どく》なお坊《ぼう》さん。」

洞窟《どうくつ》の入《い》り口《ぐち》には、ときどき食《た》べ物《もの》が置《お》かれるようになりました。

五年《ごねん》が経《た》ち、洞窟《どうくつ》は二十《にじゅう》メートルほどの深《ふか》さになりました。禅海《ぜんかい》の姿《すがた》は、別人《べつじん》のように変《か》わり果《は》ててしまいました。髪《かみ》の毛《け》も髭《ひげ》もぼうぼうと伸《の》び、身《み》につけていた衣《ころも》は、うすぎたなく汚《よご》れ、ぼろぼろになっていました。

九年《きゅうねん》の歳月《さいげつ》が流《なが》れました。禅海《ぜんかい》はひたすら岩《いわ》を砕《くだ》き続《つづ》け、四十《よんじゅう》メートルもの穴《あな》ができていました。

「禅海坊《ぜんかいぼう》さんは、りっぱな人《ひと》じゃないか。」

「一人《ひとり》の力《ちから》で、あれだけ掘《ほ》れたのだから、皆《みんな》で手伝《てつだ》ったら、もっとはかどるにちがいない。」

村人《むらびと》たちは、禅海《ぜんかい》が命《いのち》を懸《か》けて仕事《しごと》をしていることに気《き》づき、何人《なんにん》かの村《むら》人《びと》や石工《いしく》が協力《きょうりょく》を申《もう》し出《で》て手伝《てつだ》うようになりました。また、そのための費《ひ》用《よう》を出《だ》したいという村人《むらびと》も現《あらわ》れました。しかし、それから一年《いちねん》経《た》ったのに、工事《こうじ》が全体《ぜんたい》の四分《よんぶん》の一《いち》にも達《たっ》していないことがわかると、村人《むらびと》や石工《いしく》たちは一人《ひとり》去《さ》り、二人《ふたり》去《さ》って、とうとう誰《だれ》もいなくなりました。そのあとも協力《きょうりょく》してくれる村人《むらびと》や石工《いしく》たちは、何度《なんど》か現《あらわ》れましたが、仕事《しごと》がなかなか進《すす》んでいないことに落胆《らくたん》しては、また去《さ》っていくということが繰《く》り返《かえ》されました。そして、そのたびに禅海《ぜんかい》はただ一人《ひとり》、ひたすら鎚《つち》を振《ふ》り続《つづ》けるのでした。

そして、十八年《じゅうはちねん》の歳月《さいげつ》が過《す》ぎました。禅海《ぜんかい》はすっかりやせ衰《おとろ》えて、目《め》はくぼんで、生《い》きている人《ひと》とは思《おも》えない姿《すがた》になっていました。それでも、掘《ほ》り続《つづ》ける禅海《ぜんかい》を見《み》て、ついに彼《かれ》の仕事《しごと》の尊《とうと》さを疑《うたが》うものは誰《だれ》もいなくなりました。しかも、掘《ほ》り抜《ぬ》いた所《ところ》は、もう全体《ぜんたい》の二分《にぶん》の一《いち》にも達《たっ》していたのです。

もはや、この仕事《しごと》の完成《かんせい》を疑《うたが》うものはありません。人々《ひとびと》はできるかぎりのことをして、禅海《ぜんかい》を助《たす》けようとしました。

そして、このうわさは、藩《はん》の役人《やくにん》たちの耳《みみ》にも入《はい》り、三十人近《さんじゅうにんちか》い石工《いしく》たちを集《あつ》めて、工事《こうじ》が進《すす》められました。そのため、工事《こうじ》は一段《いちだん》と早《はや》まり、ついに完成《かんせい》まであと二年《にねん》を余《あま》すばかりになったのです。

そんなある日《ひ》、一人《ひとり》の武士《ぶし》がこの洞窟《どうくつ》を訪《たず》ねてきました。この武士《ぶし》こそ、昔《むかし》、福原市九郎《ふくはらいちくろう》と名乗《なの》っていたころの、禅海《ぜんかい》が殺《ころ》してしまった主人《しゅじん》、中川三郎兵衛《なかがわさぶろうべえ》の一人息子《ひとりむすこ》、実之助《じつのすけ》だったのです。実之助《じつのすけ》は父《ちち》が殺《ころ》されたときは、まだ三歳《さんさい》でした。親戚《しんせき》の家《いえ》に引《ひ》き取《と》られて育《そだ》った実之助《じつのすけ》は十三歳《じゅうさんさい》になったとき、初《はじ》めて自分《じぶん》の父《ちち》が殺《ころ》されたことを聞《き》かされました。それ以来《いらい》、柳生《やぎゅう》の道場《どうじょう》で厳《きび》しい剣術《けんじゅつ》の修行《しゅぎょう》に励《はげ》み、十九歳《じゅうきゅうさい》のとき、剣士《けんし》の資格《しかく》を取《と》ると、父《ちち》の仇《かたき》を討《う》つために故郷《こきょう》を離《はな》れ、諸国《しょこく》を巡《めぐ》り歩《ある》いていたのです。そして、実《じつ》之助《のすけ》はここにようやく仇《かたき》を探《さが》しあてたのでした。

刀《かたな》に手《て》をかけた実之助《じつのすけ》の前《まえ》に現《あらわ》れた老僧《ろうそう》は、仇《かたき》の相手《あいて》として自分《じぶん》がずっと心《こころ》に描《えが》いてきた姿《すがた》とはあまりにも違《ちが》っていました。それはただ骨《ほね》と皮《かわ》だけのやせこけた、この世《よ》の人《ひと》とも思《おも》えない、みすぼらしい僧侶《そうりょ》の姿《すがた》でした。実《じつ》之助《のすけ》は少《すこ》し気勢《きせい》を殺《そ》がれましたが、自分《じぶん》を励《はげ》ますように力《ちから》を込《こ》めて言《い》いました。

「禅海《ぜんかい》とやら、おまえは若《わか》いころ、主人中川三郎兵衛《しゅじんなかがわさぶろべえ》を殺《ころ》した覚《おぼ》えがあろう。拙者《せっしゃ》（自分《じぶん》）は、三郎兵衛《さぶろべえ》の息子《むすこ》、実之助《じつのすけ》と申《もう》す者《もの》。父《ちち》の仇《かたき》を討《う》つため、はるばるここまで参《まい》った。いざ覚悟《かくご》されよ。」

「おお、これは、これは、中川《なかがわ》さまのご子息《しそく》、実之助《じつのすけ》さまか。確《たし》かにお父上《ちちうえ》を討《う》ったのは、この禅海《ぜんかい》にちがいございませぬ。覚悟《かくご》はできております。どうぞ、お斬《き》りください。罪《つみ》ほろぼしに掘《ほ》り進《すす》めたこの洞門《どうもん》も、九分通《くぶどお》り完成《かんせい》し、ほぼ見通《みとお》しがつきました。この洞門《どうもん》の入《い》り口《ぐち》で死《し》ぬことができれば、何《なに》も思《おも》い残《のこ》すことはございませぬ。」

禅海《ぜんかい》は、飛《と》び散《ち》る破片《はへん》で傷《きず》つき、灰色《はいいろ》に濁《にご》った目《め》を実之助《じつのすけ》に向《む》けて、落《お》ち着《つ》いて、こう答《こた》えました。すると、大勢《おおぜい》の村人《むらびと》や石工《いしく》たちが、駆《か》けつけて来《き》ました。

「禅海《ぜんかい》さまは大切《たいせつ》なお人《ひと》。どういうご事情《じじょう》があるかは存《ぞん》じませぬが、この洞門《どうもん》をくりぬくまで、禅海《ぜんかい》さまのお命《いのち》をお助《たす》け下《くだ》さいませ。」

人々《ひとびと》は、実之助《じつのすけ》に事情《じじょう》を話《はな》し、洞門《どうもん》の完成《かんせい》まで仇討《あだう》ちは控《ひか》えてほしいと頼《たの》みました。実之助《じつのすけ》はやむなく村人《むらびと》たちの願《ねが》いを聞《き》き入《い》れました。しかし、時《とき》が経《た》つにつれて、仇《かたき》を目《め》の前《まえ》にしながら討《う》てなかった自分《じぶん》のふがいなさが腹立《はらだ》たしく思《おも》うようになった実之助《じつのすけ》は、ひそかに禅海《ぜんかい》を討《う》つ機会《きかい》を狙《ねら》っていました。

ある夜《よる》、石工《いしく》たちがぐっすり眠《ねむ》ってしまうと、実之助《じつのすけ》は、枕元《まくらもと》の刀《かたな》を引《ひ》き寄《よ》せ、そっと小屋《こや》の外《そと》へ抜《ぬ》け出《だ》しました。山国川《やまくにがわ》の水《みず》は、月光《げっこう》のもとに青《あお》く渦巻《うずま》きながら流《なが》れています。実之助《じつのすけ》は、足音《あしおと》をしのばせて洞門《どうもん》に近《ちか》づき、奥《おく》へ奥《おく》へと進《すす》んで行《い》きました。

入《い》り口《ぐち》から二百《にひゃく》メートルばかりも進《すす》んだ時《とき》のことです。洞窟《どうくつ》の底《そこ》から何《なに》か「クワッ、クワッ」という物音《ものおと》が、間《あいだ》をおいて響《ひび》いて来《く》るのです。刀《かたな》を抜《ぬ》き一歩一歩《いっぽいっぽ》、息《いき》をひそめながら進《すす》んでいくと、その音《おと》は次第《しだい》に大《おお》きくなり、力強《ちからづよ》い鎚《つち》の音《おと》に混《ま》じって、禅海《ぜんかい》のしわがれた念仏《ねんぶつ》の声《こえ》が、聞《き》こえてくるではありませんか。そして、そこに見《み》たのは、経文《きょうもん》（お経《きょう》）を唱《とな》えながら、一心不乱《いっしんふらん》に鎚《つち》を振《ふ》る禅海《ぜんかい》の姿《すがた》でした。草木《くさき》も眠《ねむ》る深夜《しんや》、仏《ほとけ》のごとく、ひとり鎚《つち》を振《ふ》り続《つづ》ける禅海《ぜんかい》——その禅海《ぜんかい》の二十年《にじゅうねん》にわたる大仕事《おおしごと》が、ようやく終《お》わりに近《ちか》づこうとしているのに、ここで自分《じぶん》が彼《かれ》を討《う》ち果《は》たしてよいものだろうか。――思《おも》い悩《なや》んだ末《すえ》、実之助《じつのすけ》は刀《かたな》を鞘《さや》におさめ、完成《かんせい》の日《ひ》を待《ま》つことにしました。

しかし、ぼんやり待《ま》っていても仕方《しかた》ありません。自分《じぶん》も手伝《てつだ》ったほうが、完成《かんせい》の日《ひ》が早《はや》くなり、仇討《あだう》ちを果《は》たす日《ひ》も早《はや》くなることに気《き》づいた実之助《じつのすけ》は、翌日《よくじつ》から自《みずか》らすすんで鎚《つち》を振《ふ》り始《はじ》めました。こうして、追《お》っ手《て》と仇《かたき》が、ふたり並《なら》んで穴《あな》を掘《ほ》りだしたのです。石工《いしく》たちが休《やす》んでいるときも、ふたりは、いっしょに掘《ほ》り続《つづ》けました。

実《じつ》之助《のすけ》が掘《ほ》り始《はじ》めて約一年六カ月《やくいちねんろっかげつ》、禅海《ぜんかい》が掘《ほ》り始《はじ》めてから実《じつ》に二十一年《にじゅういちねん》目《め》のある夜《よる》、禅海《ぜんかい》が力《ちから》を込《こ》めて振《ふ》り下《お》ろした鎚《つち》が、ついに洞門《どうもん》を貫通《かんつう》させました。鎚《つち》の先《さき》に破《やぶ》られた穴《あな》から、さっと月《つき》の光《ひかり》が射《さ》し込《こ》んできました。禅海《ぜんかい》のもうろうとした眼《め》にも、その穴《あな》を通《とお》して、月《つき》の光《ひかり》に照《て》らされた山国川《やまくにがわ》の流《なが》れが、ありありと映《うつ》りました。禅海《ぜんかい》は、

「おう。」

と全身《ぜんしん》を震《ふる》わせるような声《こえ》を張《は》り上《あ》げました。

「実之助《じつのすけ》さま。二十一年《にじゅういちねん》の念願《ねんがん》を、今《いま》、果《は》たすことができました。」

こう言《い》いながら、禅海《ぜんかい》は実之助《じつのすけ》の手《て》を取《と》りました。

「やりましたなあ。」

実之助《じつのすけ》も、感動《かんどう》のあまり、我《われ》を忘《わす》れて禅海《ぜんかい》の手《て》を握《にぎ》りしめました。掘《ほ》り抜《ぬ》いた穴《あな》から、月光《げっこう》に映《は》える山国川《やまくにがわ》の流《なが》れや、羅漢寺《らかんじ》に続《つづ》く街道《かいどう》を見《み》ながら、

ふたりは手《て》を取《と》り合《あ》って喜《よろこ》びの涙《なみだ》を流《なが》しました。しばらくすると、禅海《ぜんかい》は静《しず》かに言《い》いました。

「実之助《じつのすけ》さま、約束《やくそく》の日《ひ》でございます。さあ、お斬《き》りなさいませ。この喜《よろこ》びのうちに死《し》ぬことができれば、これにまさる幸《しあわ》せはありませぬ。夜《よ》が明《あ》けると石工《いしく》どもがじゃまをします。さあ、早《はや》くお斬《き》りなさいませ。」

しかし、実之助《じつのすけ》の胸《むね》は大《おお》きな感動《かんどう》に打《う》ち震《ふる》えていました。念願《ねんがん》を果《は》たした喜《よろこ》びにひたっている老僧《ろうそう》の気高《けだか》い姿《すがた》を見《み》ていると、彼《かれ》を仇《かたき》として討《う》ち殺《ころ》すことなど、もはや思《おも》いも及《およ》ばなくなったのです。

禅海《ぜんかい》への憎《にく》しみは消《き》え去《さ》り、しわの刻《きざ》まれた老僧《ろうそう》の顔《かお》を、いつまでも仰《あお》ぎ見《み》ていたい気持《きも》ちでした。実之助《じつのすけ》の手《て》は再《ふたた》び、禅海《ぜんかい》の手《て》を堅《かた》く堅《かた》く、握《にぎ》っていました。

「青《あお》の洞門《どうもん》」の付近《ふきん》を流《なが》れる山国川《やまくにがわ》は、北九州《きたきゅうしゅう》の名山《めいざん》、英彦山《ひこさん》から流《なが》れ出《で》た川《かわ》です。その中流《ちゅうりゅう》は、断崖絶壁《だんがいぜっぺき》の渓谷《けいこく》が至《いた》るところに見《み》られることから、このあたりは昔《むかし》から「耶馬渓《やばけい》」と呼《よ》ばれています。

禅海《ぜんかい》が掘《ほ》ったという青《あお》の洞門《どうもん》は現在《げんざい》、車《くるま》の通《とお》れる立派《りっぱ》なトンネルとなり、羅漢寺《らかんじ》の参詣者《さんけいしゃ》や、耶馬渓《やばけい》を見《み》に来《く》る観光客《かんこうきゃく》の通《とお》り道《みち》になっています。

禅海《ぜんかい》は、青《あお》の洞門《どうもん》が完成《かんせい》した後《あと》、それまでに崖《がけ》から落《お》ちて命《いのち》を失《うしな》ったすべての人々《ひとびと》の供養《くよう》（亡《な》くなった人《ひと》の霊《れい》を慰《なぐさ》めること）に尽《つ》くし、安永三年《あんえいさんねん》（一七七四《せんななひゃくななじゅうよん》）八月《はちがつ》、八十余歳《はちじゅうよさい》の生涯《しょうがい》を終《お》えました。今《いま》も羅漢寺《らかんじ》のすぐ近《ちか》くにある禅海堂《ぜんかいどう》というお堂《どう》には、禅海《ぜんかい》が青《あお》の洞門《どうもん》を掘《ほ》るときに使《つか》ったノミや鎚《つち》などの遺品《いひん》が残《のこ》されています。

ハエとクモに助けられた話

昔《むかし》、ある国《くに》に一人《ひとり》の王子《おうじ》がいました。この王子《おうじ》は、ハエとクモが大嫌《だいきら》いで、「もし、自分《じぶん》の願《ねが》いがかなうなら、ハエとクモを一匹残《いっぴきのこ》らず、この世界《せかい》から追《お》い払《はら》ってしまいたいものだ。」と思《おも》っていました。

ある日《ひ》、激《はげ》しい戦争《せんそう》がおこり王子《おうじ》の国《くに》は敗《やぶ》れてしまいました。王子《おうじ》は敵《てき》に見《み》つからないように森《もり》の中《なか》に逃《に》げ込《こ》み、大《おお》きな木《き》の陰《かげ》に隠《かく》れていました。ところが、何日《なんにち》も続《つづ》いた戦争《せんそう》の疲《つか》れが出《で》て、思《おも》わずうとうとと眠《ねむ》ってしまったのです。

しばらくすると、敵《てき》の一人《ひとり》が王子《おうじ》を見《み》つけて、そばに忍《しの》び寄《よ》りました。王《おう》子《じ》はそうとも知《し》らずにぐっすり眠《ねむ》っています。敵《てき》の兵士《へいし》はにんまりと笑《わら》い、腰《こし》の剣《けん》を抜《ぬ》きました。さあ、たいへんです。この剣《けん》で一突《ひとつ》きされれば、王子《おうじ》の命《いのち》はありません。

Ta.

ちょうどその時《とき》、一匹《いっぴき》のハエが突然《とつぜん》、どこからともなく飛《と》んで来《き》て、王子《おうじ》の顔《かお》をはい回《まわ》りました。王子《おうじ》は、はっと目《め》を覚《さ》ましました。見《み》ると、間近《まぢか》に敵《てき》が、自分《じぶん》を刺《さ》そうとしているではありませんか。王子《おうじ》は、素早《すばや》く身構《みがま》えました。その勢《いきお》いに恐《おそ》れをなした敵《てき》はたちまち、逃《に》げ去《さ》っていきました。

その夜《よ》、王子《おうじ》は、森《もり》の中《なか》にある、木《き》のうろ（大《おお》きな木《き》の幹《みき》にできた穴《あな》）の中《なか》に入《はい》って寝《ね》ました。

ところが、夜《よる》のうちにクモが、そのうろの口《くち》いっぱいに巣《す》をかけました。

夜《よ》が明《あ》けたころ、敵《てき》が二人《ふたり》、王子《おうじ》を探《さが》しに来《き》て、その木《き》のそばを通《とお》りかかりました。一人《ひとり》がうろを見《み》つけて言《い》いました。

「おい、見《み》ろ。大《おお》きなうろがあるぞ。ひょっとしたら王子《おうじ》がこの中《なか》に隠《かく》れているかもしれないぞ。」

すると、もう一人《ひとり》が、自信《じしん》をもって言《い》いました。

「なあに。こんなところに隠《かく》れてなどいるものか。クモがきれいに巣《す》をかけているではないか。王子《おうじ》が隠《かく》れているなら、巣《す》は破《やぶ》れているはずだ。ほかを探《さが》そう。」

二人《ふたり》は笑《わら》いながら立《た》ち去《さ》りました。

二人《ふたり》の影《かげ》が見《み》えなくなったころに、王子《おうじ》はうろの中《なか》から出《で》て来《き》て、ほっと息《いき》をつきました。そして一度《いちど》だけでなく二度《にど》までも、危《あや》うい命《いのち》が助《たす》かったことを喜《よろこ》びました。と同時《どうじ》に、それが、そろいもそろって自分《じぶん》の大嫌《だいきら》いなハエとクモのおかげであったことを不思議《ふしぎ》に思《おも》い、これまで自分《じぶん》がハエとクモを嫌《きら》っていたことを深《ふか》く反省《はんせい》しました。

ふだん、知《し》らず知《し》らずのうちに、冷《つめ》たくしたり嫌《きら》ったりしている人《ひと》たちの中《なか》には、意外《いがい》にも自分《じぶん》のためにいろいろと力《ちから》になってくれている人《ひと》がいるのかもしれませんね。

父の看病

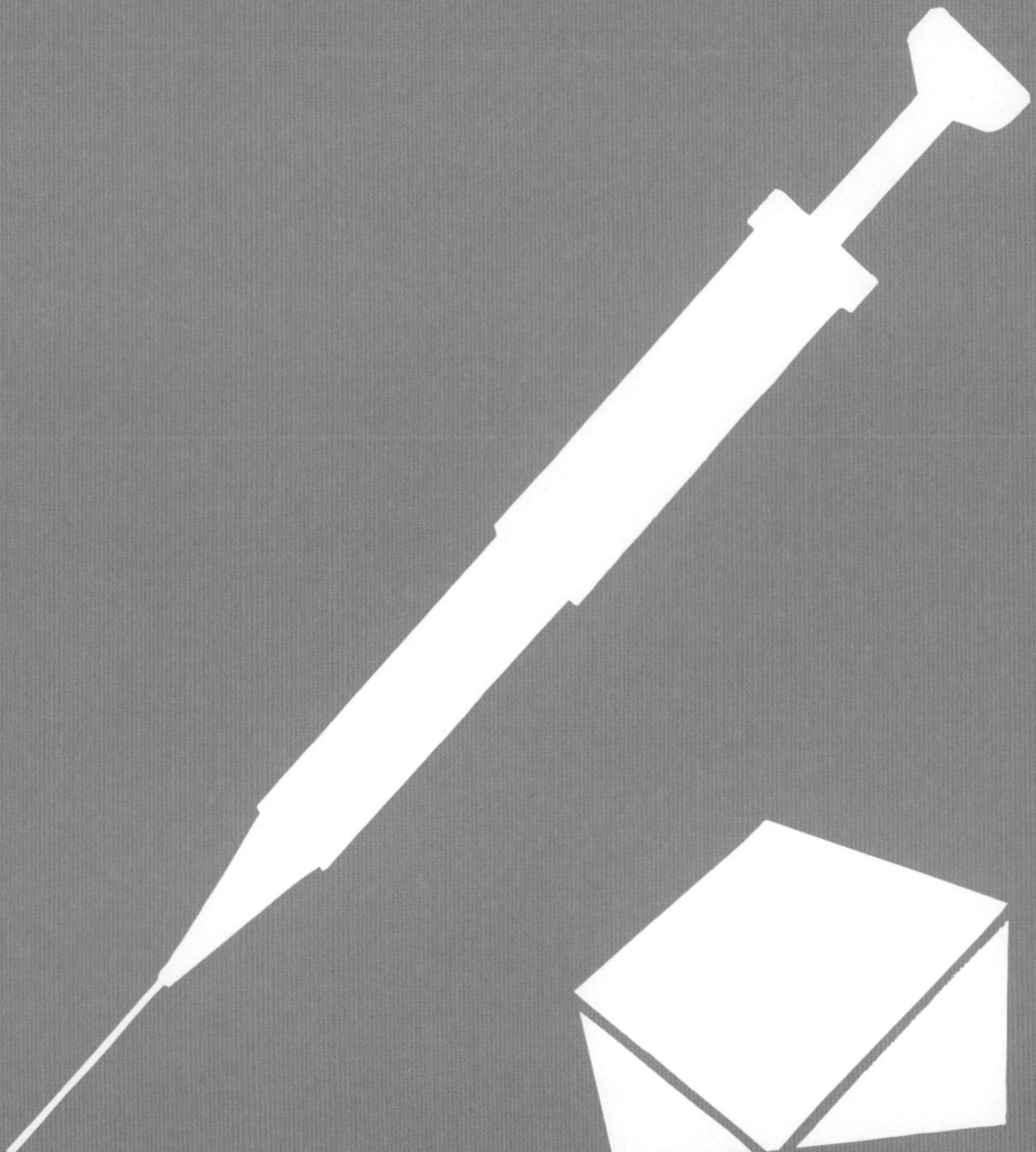

これはイタリアのお話《はなし》です。出稼《でかせぎ》の父《ちち》から、けがをして入院《にゅういん》したとの手《て》紙《がみ》を受《う》けた少年《しょうねん》チチロは、乳飲《ちの》み子《ご》を世話《せわ》しなければならない母《はは》の代《か》わりに、はるばる田舎《いなか》から、父《ちち》の入院《にゅういん》しているナポリの病院《びょういん》にやって来《き》ました。

少年《しょうねん》は、案内《あんない》する看護婦《かんごふ》のあとについて行《い》きながら、恐《おそ》る恐《おそ》る目《め》を右《みぎ》に左《ひだり》に向《む》けて、病人《びょうにん》たちを見回《みまわ》しました。

死人《しにん》のように青《あお》ざめた顔《かお》でまったく身動《みうご》きのできない者《もの》もあれば、びっくりしたように大《おお》きく目《め》を見開《みひら》いてじっと何《なに》かを見《み》つめている者《もの》もいます。そうかと思《おも》うと、子供《こども》のように泣《な》きわめいている者《もの》もいます。あたりは薄暗《うすぐら》くて、鼻《はな》を突《つ》くような薬《くすり》の匂《にお》いが漂《ただよ》っていました。そして、看護婦《かんごふ》たちが、手《て》に薬《くすり》びんを持《も》って、せわしげに歩《ある》き回《まわ》っていました。

ある大《おお》きな部屋《へや》に入《はい》ると、看護婦《かんごふ》は入《い》り口近《ぐちちか》くのベッドの前《まえ》に立《た》ち止《ど》まって、カーテンを開《あ》けました。

「この方《かた》が、あなたのお父《とう》さんですよ。」

しかし、そこにはとても自分《じぶん》の父親《ちちおや》とは思《おも》えないほどに変《か》わり果《は》ててしまった姿《すがた》がありました。

髪《かみ》の毛《け》は白《しろ》くなり、髭《ひげ》は伸《の》び、顔《かお》ははれあがって、しかも赤《あか》い斑点《はんてん》ができて、皮膚《ひふ》ははち切《き》れそうになっていました。ただ額《ひたい》と弓形《ゆみがた》をした眉《まゆ》だけが父《ちち》らしくみえましたが、それ以外《いがい》は、どこといって父《ちち》らしいところが見当《みあ》たらないほどでした。息《いき》をつくのもやっとのようで、そのかわいそうな姿《すがた》を見《み》ていると、少年《しょうねん》の目《め》には、いっぱい涙《なみだ》が溢《あふ》れてきました。

「お父《とう》さん、お父《とう》さん。」

と、少年《しょうねん》は思《おも》わず叫《さけ》びました。

「ぼくだよ。チチロだよ。お母《かあ》さんに言《い》われてここへ来《き》たんだ。……」

けれども、病人《びょうにん》は、少年《しょうねん》を見《み》つめたかと思《おも》うと、すぐに目《め》を閉《と》じてしまいました。

「お父《とう》さん、お父《とう》さん。チチロだよ。ぼくが分《わ》からないの。何《なに》か言《い》ってよ。」

しかし、病人《びょうにん》は身動《みうご》きもしないで苦《くる》しそうに息《いき》を続《つづ》けていました。

少年《しょうねん》は、医者《いしゃ》が来《く》るのを待《ま》ちながら、父《ちち》が旅《たび》に出《で》たときからのことを、いろいろ思《おも》い返《かえ》していました。船《ふね》の上《うえ》で別《わか》れを告《つ》げたことや、家族《かぞく》の者《もの》が、その旅《たび》に楽《たの》しい希望《きぼう》を抱《いだ》いていたことや、父《ちち》が入院《にゅういん》したとの知《し》らせに母《はは》がひどく力《ちから》を落《お》としたことなど……。

半《はん》時間《じかん》ばかり経《た》ったでしょうか。医者《いしゃ》が診察《しんさつ》にやって来《き》ました。医者《いしゃ》は、背《せ》の高《たか》い、少《すこ》し猫背《ねこぜ》の真面目《まじめ》そうな顔《かお》をした老人《ろうじん》でした。

医者《いしゃ》は少年《しょうねん》を見《み》つめました。

「この病人《びょうにん》の息子《むすこ》さんです。今日《きょう》、田舎《いなか》から出《で》て来《き》たのです。」

と、医者《いしゃ》について来《き》た看護婦《かんごふ》が説明《せつめい》しました。

医者《いしゃ》は、いたわるように少年《しょうねん》の肩《かた》に手《て》をかけました。それから病人《びょうにん》の上《うえ》にかがみ込《こ》んで、脈《みゃく》を診《み》たり、額《ひたい》に触《さわ》ってみたりしました。そして、二言《ふたこと》三言《みこと》、看護婦《かんごふ》に尋《たず》ねました。

「別《べつ》に変《か》わりはございません。」

と、看護婦《かんごふ》が答《こた》えると、医者《いしゃ》はちょっと考《かんが》えてから、

「今《いま》までどおりの手当《てあて》を続《つづ》けなさい。」

と言《い》いました。少年《しょうねん》は尋《たず》ねました。

「具合《ぐあい》はどうなんでしょうか。」

「心配《しんぱい》しなくてもいいよ。」

と、医者《いしゃ》はもう一度《いちど》、少年《しょうねん》の肩《かた》に手《て》をかけながら答《こた》えました。

「だいぶん悪《わる》いけれど、まだ望《のぞ》みはある。気《き》をつけてあげなさいね。君《きみ》がいれば、きっと良《よ》くなるから。」

「だけど、ぼくってことが、分《わか》らないんです。」

「なんとか治《なお》してあげたいものだ。力《ちから》を落《お》としてはいけないよ。」

少年《しょうねん》は、もっと何《なに》か聞《き》きたかったのですが、何《なに》も言《い》えませんでした。

医者《いしゃ》は行《い》ってしまいました。

少年《しょうねん》は看病《かんびょう》を始《はじ》めました。病人《びょうにん》の布団《ふとん》を直《なお》したり、その手《て》に触《さわ》ってみたり、蝿《はえ》を追《お》ったり、うなるたびごとに、かがんで顔《かお》を見《み》たり、看護婦《かんごふ》が飲《の》み物《もの》を持《も》って来《き》たときには、看護婦《かんごふ》に代《か》わってそれを飲《の》ませたりしました。病人《びょうにん》は、チチロをじっと見《み》つめていましたが、何故《なぜ》か不安《ふあん》そうでした。

こうして第一日《だいいちにち》は過《す》ぎました。夜《よる》になると、少年《しょうねん》は、部屋《へや》の隅《すみ》に椅子《いす》を二《ふた》つ並《なら》べて、その上《うえ》で眠《ねむ》りました。

朝《あさ》になると、また看病《かんびょう》を始《はじ》めました。その日《ひ》は、病人《びょうにん》の目《め》つきが、いくらか変《か》わりかけたようにみえました。少年《しょうねん》のいたわる声《こえ》を聞《き》くと、感謝《かんしゃ》の色《いろ》が、その瞳《ひとみ》に浮《う》かびました。そして、何《なに》かを言《い》おうとしているのか、少《すこ》し唇《くちびる》を動《うご》かしました。眠《ねむ》りから覚《さ》めたあとでは、決《き》まってチチロを探《さが》す様子《ようす》をみせました。医者《いしゃ》は、

「いくらか良《よ》くなったかな…。」

とつぶやきました。夕方《ゆうがた》、コップを病人《びょうにん》の口元《くちもと》につけたときには、少年《しょうねん》はそのふくれ上《あ》がった顔《かお》の上《うえ》に、かすかなほほ笑《え》みが浮《う》かんだような気《き》がしました。

少年《しょうねん》は望《のぞ》みを持《も》ちはじめました。母《はは》のことや、妹《いもうと》たちのこと、皆《みんな》が父《ちち》の

帰《かえ》りを待《ま》っていることなどを次々《つぎつぎ》と話《はな》しかけ、しっかりするようにと励《はげ》ましました。病人《びょうにん》が嬉《うれ》しそうに、その話《はなし》に耳《みみ》を傾《かたむ》けているようにみえたからです。

こうして、二日目《ふつかめ》が過《す》ぎ、三日目《みっかめ》も、四日目《よっかめ》も同《おな》じように過《す》ぎていきました。少《すこ》し良《よ》くなるかと思《おも》えば、また悪《わる》くなったり、悪《わる》くなったかと思《おも》えば、また良《よ》くなるといった調子《ちょうし》が続《つづ》きました。

少年《しょうねん》は、父親《ちちおや》のちょっとしたため息《いき》にも、気《き》をとめ

て、はらはらする思《おも》いで時《とき》を過《す》ごしました。

ところが、五日目《いつかめ》になると病状《びょうじょう》が一段《いちだん》と悪《わる》くなり、医者《いしゃ》はまったく望《のぞ》みがないと言《い》わんばかりに頭《あたま》を振《ふ》りました。少年《しょうねん》は、椅子《いす》にぐったりと身《み》を落《お》として、すすり泣《な》きをしました。

しかし、少年《しょうねん》はそれでも父《ちち》がよくなることを信《しん》じ続《つづ》けました。それは、容体《ようだい》が悪《わる》くなったにもかかわらず、病人《びょうにん》が少《すこ》しずつものが分《わ》かりかけているようにみえたからです。飲《の》み物《もの》や薬《くすり》は、少年《しょうねん》の手《て》からでなければ取《と》らなくなりました。病人《びょうにん》は目《め》を少年《しょうねん》の上《うえ》に注《そそ》ぎ、嬉《うれ》しそうな様子《ようす》で、それを飲《の》もうとするのです。また、何《なに》かものを言《い》おうとして、何度《なんど》も何度《なんど》も、必死《ひっし》に唇《くちびる》を動《うご》かそうとしました。少年《しょうねん》は希望《きぼう》に力《ちから》づけられながら、病人《びょうにん》の手《て》を握《にぎ》って

「お父《とう》さん、しっかり。もう少《すこ》したてば良《よ》くなるからね。」

と言《い》って励《はげ》ましました。

その日《ひ》の午後四時《ごごよじ》ごろでした。ちょうど、少年《しょうねん》が、はかない希望《きぼう》をもって、一心《いっしん》に看病《かんびょう》していた時《とき》でした。ベッドのすぐそばの出入《でい》り口《ぐち》の方《ほう》から

「ありがとう、看護婦《かんごふ》さん。いろいろ、お世話《せわ》になりました。」

と、聞《き》きなれたなつかしい声《こえ》が聞《き》こえてきました。少年《しょうねん》は思《おも》わずはっと飛《と》び上《あ》がりました。見《み》ると、片手《かたて》に厚《あつ》い包帯《ほうたい》をした男《おとこ》が、部屋《へや》の前《まえ》を通《とお》り過《す》ぎようとしています。

「お父《とう》さん！」

その声《こえ》に男《おとこ》ははっと振《ふ》り返《かえ》り、

「チチロ！」

と叫《さけ》んで走《はし》り寄《よ》りました。少年《しょうねん》は、父親《ちちおや》の腕《うで》の中《なか》にしっかり抱《だ》かれながら、

胸《むね》がいっぱいになって息《いき》もつけません。

「チチロ、これはいったい、どうしたことなんだ。こんなところにいて、おまえは何《なに》をしていたんだ。お母《かあ》さんから『チチロをやりました。』って手紙《てがみ》が来《き》たので、おまえが来《く》るのをずっと待《ま》っていたんだ。どうして、こんなに遅《おそ》くなったのかい。」

駆《か》け寄《よ》って来《き》た看護婦《かんごふ》は意外《いがい》な事《こと》の成《な》り行《ゆ》きに、その場《ば》に立《た》ちすくんでしまいました。

父《ちち》は改《あらた》めて息子《むすこ》の顔《かお》をしげしげと眺《なが》めて尋《たず》ねました。

「ところでチチロ、お母《かあ》さんはどうしているの。それから、赤《あか》ん坊《ぼう》は、——ほかの皆《みんな》はどうしている。お父《とう》さんは、これこのとおり、すっかり元気《げんき》になったよ。今退院《いまたいいん》するところだったんだ。」

少年《しょうねん》は胸《むね》がいっぱいになって、

「ぼく…、本当《ほんとう》に、嬉《うれ》しい。」

とだけ言《い》うのが精一杯《せいいっぱい》で、あとは何《なに》も言葉《ことば》になりませんでした。

「さあ、行《い》こう。晩《ばん》には家《いえ》に着《つ》けるから。」

父《ちち》は少年《しょうねん》の手《て》を取《と》りました。

少年《しょうねん》は振《ふ》り返《かえ》って、病人《びょうにん》の方《ほう》を見《み》ました。

「さあ、行《い》こう。」

再《ふたた》び父《ちち》が促《うなが》しました。

少年《しょうねん》は、また振《ふ》り返《かえ》って、病人《びょうにん》の方《ほう》を見《み》ました。病人《びょうにん》は、その時《とき》、目《め》を開《ひら》いて、じっと少年《しょうねん》を見《み》つめていました。

チチロは、その目《め》を見《み》ると、たまらなくなって、声《こえ》をひそめながら、必死《ひっし》の思《おも》いで父《ちち》に言《い》いました。

「いいえ、お父《とう》さん。待《ま》って。ぼく、やっぱり行《い》けないよ。あのおじさんが

いるでしょ。五日間《いつかかん》ずっといっしょだったんだ。おじさんは、いつもああって、ぼくを見《み》てるんだ。食事《しょくじ》もお薬《くすり》も、ぼくがあげるんだ。いつも、ぼくがそばにいないとだめなんだ。あの人《ひと》、今《いま》、ひどく悪《わる》いんだ。許《ゆる》して。ぼく、とても思《おも》い切《き》れない。もう少《すこ》しここにいさせて。ほら、あんなにぼくを見《み》てるでしょ。ぼくが帰《かえ》ってしまったら、あの人《ひと》は、独《ひと》りぼっちになってしまうんだ。頼《たの》むから、ここにいさせて。ねえ、お父《とう》さん。」

父《ちち》は、じっと少年《しょうねん》を見《み》つめていましたが、やがてまた病人《びょうにん》の方《ほう》を見《み》ました。

「誰《だれ》ですか、あの人《ひと》は。」

と、父《ちち》はそばにいた看護婦《かんごふ》に尋《たず》ねました。

「あなたと同《おな》じように、よその町《まち》から来《き》た人《ひと》のようです。」

と看護婦《かんごふ》が小声《こごえ》で答《こた》えました。

「この方《かた》はちょうどあなたが入院《にゅういん》したのと同《おな》じ日《ひ》に、入院《にゅういん》したんです。ここへ連《つ》れて来《こ》られたときには、もうすっかりわけが分《わ》からなくなっていて、口《くち》もきけなくなっていました。たぶん遠《とお》くに家族《かぞく》がいるのでしょう。どうやら、あなたの息子《むすこ》さんと同《おな》じ年頃《としごろ》の息子《むすこ》さんがいるらしく、自分《じぶん》の息子《むすこ》だと思《おも》い込《こ》んでいるようです。こちらも、てっきりあなたとあの方《かた》を取《と》り違《ちが》えてしまって…」

病人《びょうにん》は、その間《あいだ》じっと少年《しょうねん》を見《み》つめていました。

その様子《ようす》を見《み》て父《ちち》はチチロに言《い》いました。

「わかった。じゃあ、ここにもう少《すこ》しの間《あいだ》、いてあげなさい。お父《とう》さんは、これからすぐに帰《かえ》って、お母《かあ》さんを安心《あんしん》させてあげよう。ここにお金《かね》を置《お》いていくから、お小遣《こづか》いにしなさい。じゃあ、お父《とう》さんは先《さき》に帰《かえ》るからね。」

父《ちち》はそう言《い》って出《で》ていきました。

少《しょう》年《ねん》がベッドのそばに帰《かえ》ると、病人《びょうにん》はほっとしたようにみえました。チチロはまた看病《かんびょう》を始《はじ》めました。その熱心《ねっしん》さ、辛抱強《しんぼうづよ》さは、前《まえ》と少《すこ》しも変《か》わりません。チチロはまた、病人《びょうにん》に飲《の》み物《もの》を飲《の》ませたり、布団《ふとん》を直《なお》したり、手《て》をさすったり、やさしく話《はな》しかけたり、しっかりするようにと励《はげ》ましたりしました。しかし、病人《びょうにん》はますます悪《わる》くなるばかりでした。顔《かお》は紫色《むらさきいろ》になり、熱《ねつ》がひどくなり、呼吸《こきゅう》も困難《こんなん》になりました。夕方《ゆうがた》の回診《かいしん》のときに、医《い》者《しゃ》は、

「今夜《こんや》はもうだめかもしれない。」

と言《い》いました。チチロは、少《すこ》しの間《あいだ》も、病人《びょうにん》から目《め》を離《はな》しませんでした。病人《びょうにん》はしげしげと少年《しょうねん》を見《み》つめながら、ときどき必死《ひっし》に唇《くちびる》を動《うご》かして、何《なに》かものを言《い》いたげにしました。また、やさしい色《いろ》が、その目《め》に浮《う》かぶこともありましたが、それも次第《しだい》に暗《くら》くなってきました。

その晩《ばん》、少年《しょうねん》は夜《よ》どおしそばに付《つ》いて、病人《びょうにん》を見守《みまも》っていました。暁《あかつき》のほの白《しろ》い光《ひかり》が窓《まど》にさしはじめ、そろそろ朝《あさ》も近《ちか》いと思《おも》われたころ、看護婦《かんごふ》が病人《びょうにん》の容体《ようだい》を見《み》にやって来《き》ました。看護婦《かんごふ》は、病人《びょうにん》を見《み》るとあわてた様《よう》子《す》で、すぐにその場《ば》を立《た》ち去《さ》りました。そして間《ま》もなく、医者《いしゃ》が急《いそ》ぎ足《あし》で入《はい》って来《き》ました。

「いよいよ、最後《さいご》のようだ。」

と、医者《いしゃ》は言《い》いました。

少年《しょうねん》は病人《びょうにん》の手《て》をしっかり握《にぎ》りました。病人《びょうにん》は、目《め》を開《ひら》いて少年《しょうねん》をじっと見《み》て、また目《め》を閉《と》じました。

その時《とき》、少年《しょうねん》は、病人《びょうにん》が自分《じぶん》の手《て》を握《にぎ》りしめたような気《き》がしました。

「ぼくの手《て》を握《にぎ》った。」

と、少年《しょうねん》は叫《さけ》びました。

医者《いしゃ》は、病人《びょうにん》の上《うえ》にかぶさるように、かがみ込《こ》んでいましたが、やがてあきらめたように立《た》ち上《あ》がりました。看護婦《かんごふ》が、壁《かべ》にかかっていた十字架《じゅうじか》の像《ぞう》を外《はず》しました。それは病人《びょうにん》の死《し》を意味《いみ》していたのです。こうして無言《むごん》のうちに病人《びょうにん》の最期《さいご》（臨終《りんじゅう》）が知《し》らされました。

「死《し》んでしまった。」

少年《しょうねん》の声《こえ》は震《ふる》えていました。

「さあ、うちへお帰《かえ》り。」

医者《いしゃ》は静《しず》かに言《い》いました。

「君《きみ》の看病《かんびょう》は済《す》んだ。帰《かえ》って幸《しあわ》せにお暮《く》らし。本当《ほんとう》に感心《かんしん》な子《こ》だ。神《かみ》さまが君《きみ》を守《まも》って下《くだ》さるだろう。」

その時《とき》、看護婦《かんごふ》が、窓辺《まどべ》の花《か》びんから、小《ちい》さなすみれの花束《はなたば》を取《と》って来《き》ました。そして、それを少年《しょうねん》に渡《わた》しながら言《い》いました。

Ta.

「ほかに何《なに》もあげるものがありません。病院《びょういん》の記念《きねん》に持《も》っていらっしゃい。」

「ありがとう。」

と、少年《しょうねん》は言《い》って、一方《いっぽう》の手《て》で花束《はなたば》を取《と》りながら、一方《いっぽう》の手《て》で目《め》を拭《ふ》きました。

「だけど、ぼく、家《いえ》までは遠《とお》いから帰《かえ》りつくまでに、しぼんでしまいます。」

そう言《い》って、すみれの花束《はなたば》を解《と》くと、それをベッドの上《うえ》に散《ち》らしながら、言《い》いました。

「ぼく、これを、この人《ひと》のために残《のこ》していきます。看護婦《かんごふ》さん、ありがとう。お医者《いしゃ》さん、ありがとう。」

そして、亡《な》くなった人《ひと》に向《む》かって、

「さようなら。……」

と言《い》ったあと、名前《なまえ》を何《なん》と呼《よ》ぼうかと思《おも》っているうちに、この五日間《いつかかん》あまり、呼《よ》び慣《な》れていた言葉《ことば》が、自然《しぜん》と口《くち》に上《のぼ》ってきました。

「さようなら、お父《とう》さん。」

少年《しょうねん》は、小《ちい》さな着物《きもの》の包《つつ》みを小《こ》わきに抱《かか》えました。

夜《よ》は明《あ》けかかっていました。

この物語《ものがたり》は、イタリアの作家《さっか》、デ・アミーチス（一八四六《せんはっぴゃくよんじゅうろく》～一九〇八《せんきゅうひゃくはち》）が書《か》いた『Cuore《クオーレ》』（日本《にほん》では『クオレ』）と題《だい》する本《ほん》に収《おさ》められているお話《はなし》です。『Cuore《クオーレ》』は「心《こころ》」「愛情《あいじょう》」「真心《まごころ》」などを意味《いみ》するイタリア語《ご》ですが、その本《ほん》の中《なか》には「ロンバルディアの少年斥候《しょうねんせっこう》」「サルディニアの少年鼓手《しょうねんこしゅ》」「パドヴァの少年愛国者《しょうねんあいこくしゃ》」「アペニン山脈《さんみゃく》からアンデス山脈《さんみゃく》まで」（日本《にほん》では「母《はは》をたずねて三千里《さんぜんり》」）など、愛国心《あいこくしん》や人間愛《にんげんあい》に満《み》ちた名作《めいさく》がたくさん収《おさ》められています。『クオーレ』は、母国《ぼこく》のイタリアではもちろんのこと、世界《せかい》の人々《ひとびと》の間《あいだ》で爆発的《ばくはつてき》な人気《にんき》を博《はく》し、今《いま》なお大勢《おおぜい》の人々《ひとびと》に親《した》しまれています。

佐吉と自動織機

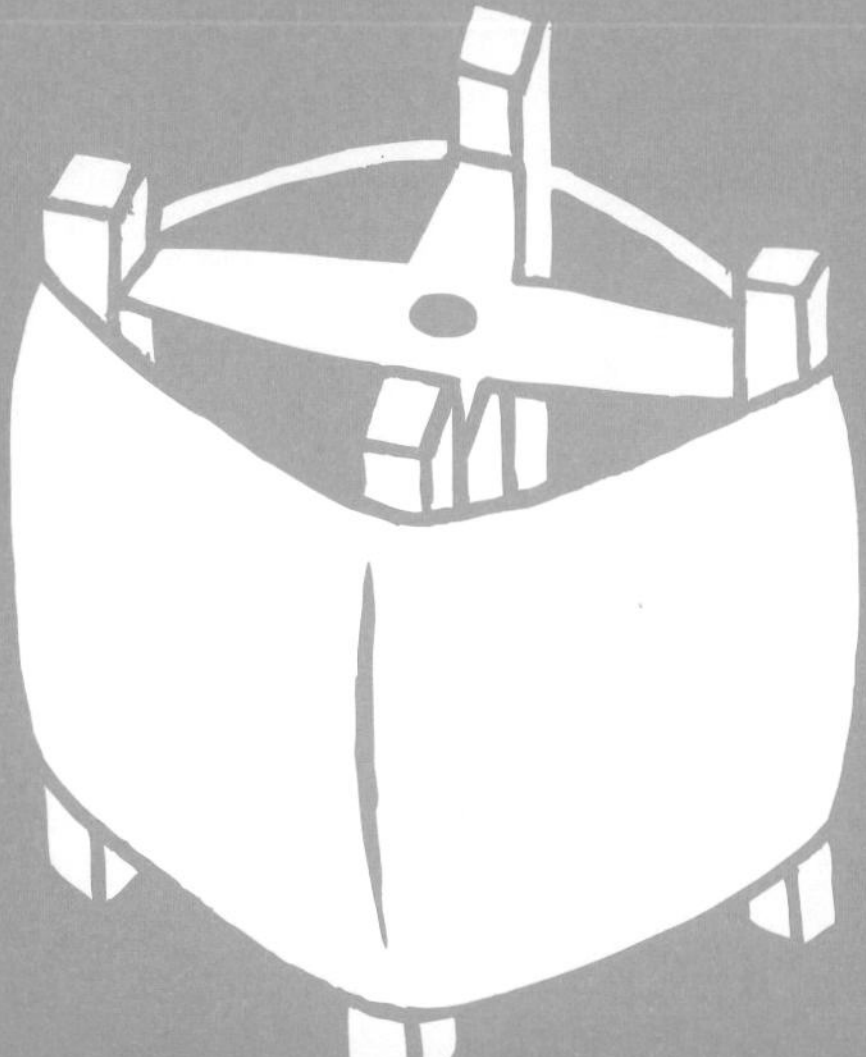

「佐《さ》吉《きち》さんは、気《き》が狂《くる》ったんじゃないかしら。」

「女《おんな》が使《つか》う機《はた》なんか、織《お》ったりして。」

「男《おとこ》のくせに、手織機《はたご》ばっかりいじって、まったくおかしな奴《やつ》だ。」

豊田佐吉《とよたさきち》は、機織《はたお》りの女《おんな》や、村《むら》の人々《ひとびと》から、こういってバカにされていました。佐吉《さきち》は、父《ちち》の大工《だいく》の仕事《しごと》を手伝《てつだ》っていましたが、毎晩《まいばん》のように、近所《きんじょ》の機織《はたお》り場《ば》に出《で》かけては、そこにある手織機《はたご》の下《した》に潜《もぐ》り込《こ》んだり、横《よこ》から眺《なが》めたり、自分《じぶん》で織《お》ってみたりして、織機《しょっき》の仕組《しくみ》を調《しら》べていました。

村中《むらじゅう》の者《もの》から変人《へんじん》あつかいにされるのを見《み》て、佐吉《さきち》の父《ちち》は、とうとう我《が》慢《まん》ができなくなりました。

「佐吉《さきち》、どうしたというんだ。お前《まえ》は大工《だいく》のせがれ（息子《むすこ》）だ。ほかのことを考《かんが》えないで、みっちりと大工《だいく》の仕事《しごと》に打《う》ち込《こ》んだらどうだ。」

「お父《とう》さん、私《わたし》は思《おも》いついたことがあるのです。どうしても、機織《はたお》りの機《き》

械《かい》を発明《はつめい》したいんです。」

「なに。発明《はつめい》だと。そんなものは、学問《がくもん》のある人《ひと》のすることだ。おまえは、大工《だいく》の仕事《しごと》に打《う》ち込《こ》みさえすればいいんだ。バカなことを考《かんが》えるのはやめろ。」

父《ちち》は、大工《だいく》としてのよい素質《そしつ》を持《も》った佐吉《さきち》が、夢《ゆめ》のような考《かんが》えに取《と》りつかれているのに、腹《はら》が立《た》ってなりませんでした。しかし、佐吉《さきち》の発明《はつめい》への情熱《じょうねつ》は、ますます燃《も》え上《あ》がるばかりでした。

佐《さ》吉《きち》がこのように「発明《はつめい》」のとりこになったのは、ふとした出会《であ》いから『西《さい》国立志編《ごくりっしへん》』という書物《しょもつ》を読《よ》んだためでした。

この書物《しょもつ》は、イギリスのサミエル・スマイルズという人《ひと》の書《か》いた本《ほん》を中村《なかむら》正直《まさなお》という人《ひと》が翻訳《ほんやく》したものですが、世《よ》のため、人《ひと》のために尽《つ》くした西洋《せいよう》の国々《くにぐに》の偉人《いじん》のことがびっしりと書《か》かれていました。明治開国《めいじかいこく》の時代《じだい》が始《はじ》まったばかりのころ、日本《にほん》の若者《わかもの》の間《あいだ》で広《ひろ》く読《よ》まれ、佐吉《さきち》も、これを繰《く》り返《かえ》し読《よ》んでは、この中《なか》に描《えが》かれた偉人《いじん》たちの、たくましい生《い》き方《かた》や独創力《どくそうりょく》に感激《かんげき》して、自分自身《じぶんじしん》を励《はげ》ましていました。なかでも特《とく》に彼《かれ》の目《め》をひいたのが、「発《はっ》明《めい》の巻《まき》」でした。そこには、佐吉《さきち》と同《おな》じ大工《だいく》だった、イギリス人《じん》のワットが、蒸気《じょうき》の力《ちから》を応用《おうよう》して立派《りっぱ》な蒸気機関《じょうききかん》を作《つく》り上《あ》げたことや、同《おな》じく大工《だいく》のハーグリーブズが、紡績機《ぼうせきき》を発明《はつめい》したことなどが、書《か》いてありました。また、カートライトが、動力織機《どうりょくしょっき》（水車《すいしゃ》や蒸気機関《じょうききかん》などの力《ちから》で動《うご》かす機織《はたお》り機《き》）を発明《はつめい》したことも、書《か》かれていました。

佐吉《さきち》の家《いえ》は、生活《せいかつ》が貧《まず》しくて、母《はは》が夜遅《よるおそ》くまで、家《いえ》で機織《はたお》りをしていました。佐吉《さきち》は毎日《まいにち》、それを見《み》てきましたが、一反《いったん》（成人一人分《せいじんひとりぶん》の着物《きもの》が作《つく》れる長《なが》さ十《じゅう》メートル六十《ろくじっ》センチ、幅三十四《はばさんじゅうよん》センチの布《ぬの》）の木綿《もめん》を織《お》り上《あ》げるのに、母《はは》は何日《なんにち》も織《お》り続《つづ》けなくてはなりませんでした。しかし、手間暇《てまひま》をかける割《わ》りには、手《て》にすることのできるお金《かね》はほんのわずかです。そんな母《はは》の苦労《くろう》をいつも目《め》にしてきた佐吉《さきち》は、次《つぎ》のように考《かんが》えました。

「人間《にんげん》の衣食《いしょく》住《じゅう》というものは、皆大切《みんなたいせつ》なものだ。着《き》ること、食《た》べること、住《す》むこと、この三《みっ》つのどれが欠《か》けても、人間《にんげん》の生活《せいかつ》は成《な》り立《た》たない。だから、大工《だいく》が家《いえ》を建《た》て、農民《のうみん》が食《た》べ物《もの》を作《つく》るのと同《おな》じように、布《ぬの》を織《お》る仕事《しごと》も、決《けっ》してゆるがせにはできない筈《はず》だ。外国《がいこく》では、紡績機《ぼうせきき》で一度《いちど》にたくさんの糸《いと》を紡《つむ》ぎ、動力《どうりょく》織機《しょっき》で布《ぬの》を次々《つぎつぎ》に織《お》っているというのに、日本《にほん》では、手挽車《てびきぐるま》で一本《いっぽん》ずつ糸《いと》を紡《つむ》ぎ、手作業《てさぎょう》でトンカラリ、トンカラリと布《ぬの》を織《お》っている。一日《いちにち》も早《はや》く日本《にほん》でも動力式《どうりょくしき》の機織《はたお》りを発明《はつめい》しなくてはならない。」

このような考《かんが》えを一番《いちばん》理解《りかい》してくれたのは、佐吉《さきち》の母《はは》でした。母《はは》は、村人《むらびと》がどんなに佐吉《さきち》をバカにしても、父親《ちちおや》がどんなに反対《はんたい》しても、陰《かげ》ながら佐吉《さきち》を励《はげ》まし慰《なぐさ》めてくれました。

「佐吉《さきち》、しっかりおやりなさい。お父《とう》さんには、きっとわかってもらえる時《とき》が来《き》ますから。」


佐《さ》吉《きち》は、このようにして大工《だいく》の仕事《しごと》の合間《あいま》に、機織《はたお》りの研究《けんきゅう》を重《かさ》ねていましたが、最初《さいしょ》に目《め》をつけたのは、布《ぬの》を織《お》るとき、経糸《たていと》の間《あいだ》を縫《ぬ》っていく緯《よこ》糸《いと》の動《うご》きでした。緯糸《よこいと》は杼《ひ》（舟形《ふながた》をした、緯糸《よこいと》を巻《ま》いた管《くだ》を入《い》れる手織機《はたご》の道具《どうぐ》）によって、右《みぎ》から左《ひだり》、左《ひだり》から右《みぎ》へと行《ゆ》き来《き》するのですが、これを人《ひと》の手《て》によらず、機械《きかい》の力《ちから》で動《うご》かすようにしたいと考《かんが》えました。緯糸《よこいと》を速《はや》く運《はこ》ぶことができれば、布《ぬの》がどんどん織《お》られていくからです。

佐吉《さきち》の考《かんが》えは、次第《しだい》に高《たか》まっていきました。しかし、小学校《しょうがっこう》を出《で》ただけの彼《かれ》には、機械《きかい》の構造《こうぞう》や仕組《しくみ》を頭《あたま》に描《えが》くことは容易《ようい》でありません。

そんなおり、彼《かれ》はたまたま、東京《とうきょう》の上野《うえの》で勧業博覧会《かんぎょうはくらんかい》が開《ひら》かれることを、耳《みみ》にしました。明治二十三年《めいじにじゅうさんねん》（一八九〇《せんはっぴゃくきゅうじゅう》）の春《はる》のことです。彼《かれ》は故郷《こきょう》の静岡県《しずおかけん》・吉津村《よしづむら》から上京《じょうきょう》して、その会場《かいじょう》の機械館《きかいかん》へ毎日通《まいにちかよ》い続《つづ》けました。佐吉《さきち》は機械館《きかいかん》には大小《だいしょう》のさまざまな素晴《すば》らしい機械《きかい》が展示《てんじ》されていました。佐吉《さきち》はそれらに吸《す》いつけられるように終日《しゅうじつ》、機械館《きかいかん》を歩《ある》き回《まわ》りました。

「あの歯車《はぐるま》が動《うご》くと、このテコが下《さ》がる。このテコが上《あ》がると、あそこの心棒《しんぼう》を押《お》さえる。なるほどよくできている。細《こま》かい部分部分《ぶぶんぶぶん》に、一《ひと》つも無駄《むだ》がない。」

佐吉《さきち》はすっかり感心《かんしん》してしまいました。機械《きかい》の細《こま》かい部分《ぶぶん》を覗《のぞ》き込《こ》んだり、手帳《てちょう》に書《か》き込《こ》んだり、首《くび》をかしげて考《かんが》え込《こ》んだりしていました。機械《きかい》が運転《うんてん》されるときには、最前列《さいぜんれつ》に座《すわ》り込《こ》んで、目《め》を皿《さら》のようにしてそれを見《み》ました。

ある日《ひ》のこと、いつもと同《おな》じように機械《きかい》に見入《みい》っていると、一人《ひとり》の監視員《かんしいん》が佐吉《さきち》のそばにやって来《き》て、不審《ふしん》そうに尋《たず》ねました。

「君《きみ》は、毎日《まいにち》ここで、何《なに》をしているのかね。」

「機械《きかい》の動《うご》きを見《み》ているんです。わからないところがたくさんあるので……。」

「わからないところがあるって、ハハハハ……。そりゃ当《あ》たり前《まえ》さ。これは皆《みな》、外国人《がいこくじん》が作《つく》った機械《きかい》なんだよ。日本人《にほんじん》には考《かんが》えつかぬものばかりさ。」

「なんですって。」

佐吉《さきち》の胸《むね》は、煮《に》え返《かえ》りました。

「日本人《にほんじん》には考《かんが》えつかないですって！日本人《にほんじん》は皆《みな》、何《なに》もできないバカだと言《い》うんですか！。」

その激《はげ》しい口調《くちょう》に驚《おどろ》いて、監視員《かんしいん》は返《かえ》す言葉《ことば》がなく黙《だま》ってしまいました。村《むら》へ帰《かえ》る汽車《きしゃ》の中《なか》で、佐吉《さきち》は監視員《かんしいん》の情《なさ》けない言葉《ことば》を思《おも》い出《だ》しては、悔《くや》しい思《おも》いがしました。しかし、考《かんが》えてみれば、監視員《かんしいん》があのように言《い》うのも無理《むり》はありません。あの博覧会場《はくらんかいじょう》には、何一《なにひと》つ日本人《にほんじん》の作《つく》ったものはなかったのですから。

「こんなことでいいのか。日本《にほん》はどうなるのか。」

「なんとしても日本製《にほんせい》の機械《きかい》を作《つく》らなくては……。」

「そうだ、自分《じぶん》の力《ちから》で新《あたら》しい織機《しょっき》を発明《はつめい》するんだ。死《し》に物狂《ものぐる》いでやれば、きっと出来《でき》る。」

佐吉《さきち》はもう、じっとしていられない気持《きも》ちになりました。

村《むら》に帰《かえ》った佐吉《さきち》は、前《まえ》にも増《ま》していっそう、研究《けんきゅう》に打《う》ち込《こ》みました。そして、目的《もくてき》の動力《どうりょく》織機《しょっき》を発明《はつめい》するために、まずその手初《てはじ》めとして、明治《めいじ》のはじめにヨーロッパから導入《どうにゅう》され、すでに日本《にほん》でも広《ひろ》く使《つか》われるようになっていた「バッタン高機《たかはた》」という手織機《はたご》の改良《かいりょう》に全力《ぜんりょく》を注《そそ》ぎました。家《いえ》の裏山《うらやま》の物置小屋《ものおきごや》に閉《と》じこもり、設計図《せっけいず》を作《つく》っては、試作機《しさくき》を組《く》み立《た》ててみて、それを動《うご》かしてみるのです。しかし、思《おも》うように動《うご》くものはなかなか生《う》まれません。

昼夜《ちゅうや》をかけての研究《けんきゅう》のため、彼《かれ》のほほはやせ細《ほそ》り、目《め》は血走《ちばし》ってきました。失敗《しっぱい》を重《かさ》ねるうちに、母親《ははおや》が工面《くめん》してくれた研究費《けんきゅうひ》もどんどんなくなっていきました。もうこれ以上《いじょう》続《つづ》けてもだめだと、作《つく》りかけの試作機《しさくき》を壊《こわ》してしまいたくなることもありました。しかし、思《おも》い直《なお》しては勇気《ゆうき》を奮《ふる》い起《お》こし、それまでの失敗《しっぱい》の原因《げんいん》をつきとめ、新《あたら》しい設計図《せっけいず》を作《つく》り直《なお》しました。

そして、博覧会《はくらんかい》の見学《けんがく》から約八カ月後《やくはちかげつご》の明治二十三年《めいじにじゅうさんねん》（一八九〇《せんはっぴゃくきゅうじゅう》）十《じゅう》一月十一日《いちがつじゅういちにち》、ついに木製改良機一号《もくせいかいりょうきいちごう》が完成《かんせい》しました。佐吉《さきち》が二十四歳《にじゅうよんさい》の時《とき》のことでした。

新《あたら》しい改良機《かいりょうき》の試《ため》し織《お》りは、佐吉《さきち》が以前《いぜん》によく通《かよ》っていた近所《きんじょ》の尾崎機屋《おざきはたや》で行《おこな》われました。佐吉《さきち》は

「この改良機《かいりょうき》は、私一人《わたしひとり》の力《ちから》でできたものではありません。一本《いっぽん》の枠《わく》にも、一本《いっぽん》の桁《けた》（横《よこ》に渡《わた》した木《き》のこと）にも、母《はは》の真心《まごころ》がこもっているのです。」

と言《い》って、母《はは》を促《うなが》し、織機《おりき》の前《まえ》に座《すわ》ってもらいました。

母《はは》は、使《つか》い慣《な》れない機械《きかい》のために、しばらくはまごついていましたが、佐吉《さきち》が使《つか》い方《かた》を説明《せつめい》すると、みごとに布《ぬの》を織《お》ることができました。

「いや速《はや》い、速《はや》い。楽《らく》に織《お》れるもんだなあ。」

「これは見事《みごと》だ。きれいな織《お》り上《あ》がりだ。」

機織《はたお》り場《ば》の主人《しゅじん》をはじめ機織《はたお》りの女《おんな》たちは、体《からだ》を乗《の》り出《だ》して驚《おどろ》きの目《め》を

佐吉《さきち》が最初《さいしょ》に発明《はつめい》した改良機《かいりょうき》

見張《みは》りました。今《いま》まで聞《き》いたこともない軽快《けいかい》な音《おと》。経糸《たていと》と緯糸《よこいと》がしっくり組《く》み合《あ》って続々《ぞくぞく》と織《お》り出《だ》されていく布《ぬの》。その布《ぬの》の、しっとりした手触《てざわ》り。予想以上《よそういじょう》の成功《せいこう》でした。

「佐吉《さきち》、よくやったぞ。」

「佐吉《さきち》さん、おめでとう。」

「ご苦労《くろう》だったね。」

機械《きかい》から降《お》り立《た》った母《はは》の目《め》にはいっぱい涙《なみだ》が溢《あふ》れていました。

「ありがとうございます。」

皆《みな》に礼《れい》を言《い》う佐吉《さきち》の目《め》にも涙《なみだ》が溢《あふ》れていました。


明《あ》くる年《とし》、明治二十四年《めいじにじゅうよねん》（一八九一《せんはっぴゃくきゅうじゅういち》）、佐吉《さきち》は東京《とうきょう》へ行《い》って改良《かいりょう》した機《はた》織《お》りの特許《とっきょ》を取《と》りました。これが世《よ》にいう「豊田式木製人力織機《とよたしきもくせいじんりきしょっき》」です。この織機《しょっき》は、ヨーロッパから導入《どうにゅう》された「バッタン高機《たかはた》」という手織機《はたご》に比《くら》べると、両手《りょうて》を使《つか》わずに片手《かたて》で操作《そうさ》することができ、しかも能率《のうりつ》が四《し》～五割《ごわり》も上《あ》がり、織《お》りムラも少《すく》なく、大変《たいへん》な発明《はつめい》でした。

しかし、佐吉《さきち》は、その成功《せいこう》に満足《まんぞく》せず、再《ふた》び当初《とうしょ》から目指《めざ》していた動力織機《どうりょくしょっき》の発明《はつめい》に取《と》り組《く》み、六年後《ろくねんご》の明治二十九年《めいじにじゅうきゅうねん》（一八九六《せんはっぴゃくきゅうじゅうろく》）、ついに日本《にほん》で初《はじ》めて動力《どうりょく》織機《しょっき》を発明《はつめい》しました。そして、ひきつづき究極《きゅうきょく》の発明《はつめい》の目標《もくひょう》としていた自動織機《じどうしょっき》（途中《とちゅう》で緯糸《よこいと》がなくなっても自動的《じどうてき》に緯糸《よこいと》を補給《ほきゅう》して織《お》り続《つづ》けることのできる動力織機《どうりょくしょっき》）の研究《けんきゅう》に取《と》り組《く》み、大正十三年《たいしょうじゅうさんねん》（一九二四《せんきゅうひゃくにじゅうよん》）ついに世界最初《せかいさいしょ》で最高性能《さいこうせいのう》の「無停止杼換式豊田自動織機《むていしじょかんしきとよたじどうしょっき》」という自動織機《じどうしょっき》を完成《かんせい》させました。

なお、佐吉《さきち》の息子《むすこ》の喜一郎《きいちろう》は、父親《ちちおや》の「もの作《づく》りの心《こころ》」「研究《けんきゅう》と創造《そうぞう》の精神《せいしん》」を受《う》け継《つ》ぎ、父親《ちちおや》の発明《はつめい》した自動織機《じどうしょっき》の特許料《とっきょりょう》を資金《しきん》の一部《いちぶ》として自動車事業《じどうしゃじぎょう》を始《はじ》めました。この事業《じぎょう》から生《う》まれた会社《かいしゃ》が、今日《こんにち》、日本《にほん》の代表的企業《だいひょうてききぎょう》の一《ひと》つになっているトヨタ自動車《じどうしゃ》です。

（註）トヨタ自動車《じどうしゃ》や豊田自動織機製作所《とよたじどうしょっきせいさくしょ》などのトヨタグループは、平成六年《へいせいろくねん》（一《せん》九九四《きゅうひゃくきゅうじゅうよん》）、名古屋《なごや》の栄生《さこう》に「産業技術記念館《さんぎょうぎじゅつきねんかん》」を建設《けんせつ》しました。そこには、

佐吉《さきち》や喜一郎《きいちろう》が発明《はつめい》した数々《かずかず》の織機《しょっき》や紡績機《ぼうせきき》、自動車《じどうしゃ》などが展示《てんじ》されており、オペレーターやビデオの説明《せつめい》を受《う》けたり、実際《じっさい》にそれらの機械《きかい》を動《うご》かしてみたりすることによって、佐吉《さきち》や喜一郎《きいちろう》がどんな苦労《くろう》や工夫《くふう》をして新《あたら》しい機械《きかい》を発明《はつめい》していったのかを、自分《じぶん》の目《め》や耳《みみ》で確《たし》かめることができます。

助け舟

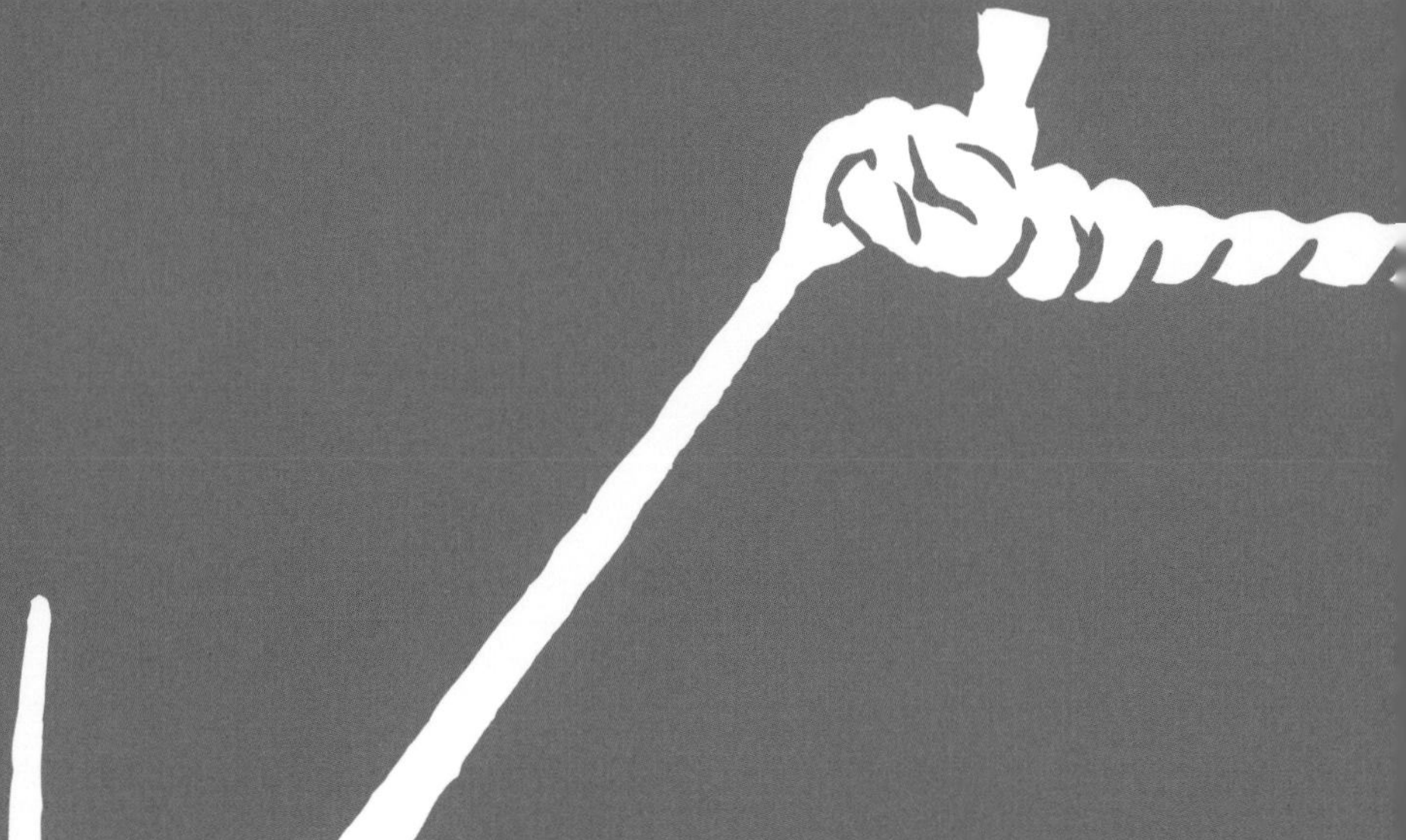

ある日《ひ》、日本海《にほんかい》の海岸《かいがん》を、すさまじい嵐《あらし》が吹《ふ》き荒《あ》れました。一隻《いっせき》の船《ふね》が、沖《おき》の荒《あ》れ狂《くる》った波間《なみま》を、まるで木《こ》の葉《は》のように浮《う》いたり、沈《しず》んだりしていました。

船《ふね》はしきりに岸辺《きしべ》の村人《むらびと》に助《たす》けを求《もと》めていました。なんとしても、その船《ふね》を助《たす》けなくてはなりません。助船《たすけぶね》（救助船《きゅうじょせん》）の用意《ようい》は、おおかた出来《でき》ました。しかし、漕《こ》ぎ手《て》が、あと一人足《ひとりた》たりません。

さっきから海岸《かいがん》を見下《みお》ろす小高《こだか》いところでこの様子《ようす》をうかがっていた浜吉《はまきち》は、

「自分《じぶん》も漕《こ》ぎ手《て》の仲間《なかま》に入《はい》りたい。」

と、いても立《た》ってもいられない気持《きも》ちになっていました。浜吉《はまきち》は、漁師《りょうし》の子《こ》です。この村《むら》の中《なか》では、もうかなりの腕前《うでまえ》をもつようになった若《わか》い漕《こ》ぎ手《て》です。

「おっかさん、おれを、あの船《ふね》に行《い》かせておくれ。おれは、ここで突《つ》っ立《た》ったままあの船《ふね》を見《み》てられないんだ。おっかさん。頼《たの》む、この通《とお》りだ。」

雨風《あめかぜ》の荒《あ》れ狂《くる》う中《なか》で、浜吉《はまきち》はそばにいた母親《ははおや》に向《む》かって土下座《どげざ》をして頼《たの》みました。

実《じつ》は、浜吉《はまきち》の母《はは》お良《よし》は、六カ月前《ろっかげつまえ》から、夫《おっと》が行方不明《ゆくえふめい》になり、頼《たよ》り少《すく》ない身《み》になっていました。夫《おっと》の勝吉《かつきち》は今年《ことし》の春《はる》、小《ちい》さな船《ふね》に乗《の》って、沖《おき》に出《で》ましたが、その夜《よる》、にわかに嵐《あらし》に遭《あ》い、それからというものは、どうなってしまったか、まったく手《て》がかりがつかめないままになっていました。それでお良《よし》は、今《いま》はただ、息子《むすこ》の浜吉一人《はまきちひとり》を自分《じぶん》の杖《つえ》とも、柱《はしら》とも頼《たの》みに思《おも》っていたのです。

息子《むすこ》の堅《かた》い決意《けつい》の顔《かお》を目《ま》の当《あ》たりにしたお良《よし》は、動揺《どうよう》する胸《むね》を抑《おさ》えて、沖《おき》の船《ふね》をじっと見《み》つめていました。

「そうだ、あの船《ふね》には、人《ひと》が大勢《おおぜい》、乗《の》っている。その人《ひと》たちには、それぞれ妻《つま》も子《こ》もあろう。今《いま》、浜吉《はまきち》を遣《や》らなかったら、助船《たすけぶね》を出《だ》すことができない。そうなると、その妻《つま》や子《こ》は、自分《じぶん》たちのような不幸《ふこう》な身《み》の上《うえ》になってしまう。」

心《こころ》を決《けっ》した母《はは》は、きっぱりとした声《こえ》で息子《むすこ》に言《い》いました。

「浜吉《はまきち》、行《い》っておやり。早《はや》く、行《い》っておやり。どんなことがあっても、あの船《ふね》の人《ひと》たちを助《たす》けてあげるんだよ。おっかさんのことは心配《しんぱい》しなくていいから。」

お良《よし》の目《め》からは、どっと涙《なみだ》が溢《あふ》れ出《で》てきました。浜吉《はまきち》は、悲《かな》しみに耐《た》えている母《はは》の姿《すがた》をただ見《み》つめるばかりでした。

「何《なに》をしているんだよ、浜吉《はまきち》。早《はや》くお行《い》き。早《はや》く行《い》って、皆《みんな》を助《たす》けておあげ。」

お良《よし》は、息子《むすこ》をしかりつけるようにそう言《い》うと、袖《そで》で顔《かお》を隠《かく》しながら、うちに駆《か》け込《こ》みました。

その夜《よる》は、暗《くら》い部屋《へや》の中《なか》で一人《ひとり》、お良《よし》は夫《おっと》のことを思《おも》い出《だ》したり、息子《むすこ》のことを案《あん》じたりして、まんじりともしませんでした。そして、夜《よ》が明《あ》け嵐《あらし》は止《や》みました。

沖《おき》の船《ふね》は沈《しず》んでしまいましたが、幸《さいわ》いにも助船《たすけぶね》の目覚《めざ》ましい働《はたら》きで、乗《の》っていた人々《ひとびと》は全員助《ぜんいんたす》かりました。助《たす》けられた人々《ひとびと》は、次々《つぎつぎ》に岸《きし》に上《あ》げられ、手当《てあて》が施《ほどこ》されました。浜吉《はまきち》の母《はは》は、さきに助船《たすけぶね》を出迎《でむか》えた村人《むらびと》の一人《ひとり》から、息子《むすこ》が無事《ぶじ》であることを聞《き》かされ、胸《むね》を弾《はず》ませて浜《はま》の方《ほう》に向《む》かって行《い》きました。

と、その時です。

「おっかさん。」

と息子《むすこ》の声《こえ》がしました。見《み》れば息子《むすこ》の肩《かた》には一人《ひとり》の男《おとこ》が、寄《よ》りかかるようにして歩《ある》いて来《く》るのです。お良《よし》は、思《おも》わず、

「あっ。」

と息《いき》を呑《の》みました。それはなんと、死《し》んだと諦《あきら》めていた自分《じぶん》の夫《おっと》ではありませんか。走《はし》り寄《よ》ったお良《よし》は夫《おっと》の腕《うで》にすがりつきました。

あとでわかったことですが、夫《おっと》は、六カ月《ろっかげつ》ばかり前《まえ》に沖《おき》で嵐《あらし》に遭《あ》い、危《あぶな》いところを外国《がいこく》の船《ふね》に助《たす》けられました。そして、その船長《せんちょう》の計《はか》らいで、便《びん》船《せん》に乗《の》って帰《かえ》ることになり、こんどは故郷《こきょう》を目《め》の前《まえ》にして再《ふたた》びこの嵐《あらし》に遭《あ》ったのです。

息子《むすこ》を海《うみ》に遣《や》ることを決心《けっしん》したことで、思《おも》いも寄《よ》らない夫《おっと》との再会《さいかい》ができた不思議《ふしぎ》さに心震《こころふる》わせ、お良《よし》はいつまでも泣《な》き続《つづ》けました。

緑の野

デンマークは、緑《みどり》の牧場《ぼくじょう》と、モミとシラカバの森《もり》と、近海《きんかい》の漁場《ぎょじょう》のほかには、鉱山《こうざん》があるのでもなく、良《よ》い港《みなと》があるのでもなく、日本《にほん》の九州《きゅうしゅう》にも満《み》たない広《ひろ》さの本土《ほんど》と、三《みっ》つの島《しま》からなっている、小《ちい》さな静《しず》かな国《くに》です。

美《うつく》しいおとぎ話《ばなし》を世界《せかい》の子《こ》どもたちに贈《おく》った、アンデルセンの生《う》まれた国《くに》、世界《せかい》の楽園《らくえん》といわれるこの国《くに》も、一八六四年《せんはっぴゃくろくじゅうよねん》に、ドイツ・オーストリア二国《にこく》との戦《たたか》いに敗《やぶ》れ、その賠償《ばいしょう》としてシュレスウィヒとホルスタインという作物《さくもつ》のよくできる二州《にしゅう》を取《と》られてしまいました。もともと狭《せま》い小《ちい》さな国《くに》なのに、そのもっともよい土地《とち》を失《うしな》ってしまったのです。ですから、いかにして国《くに》の勢《いきお》いを取《と》り戻《もど》すか、これがデンマークの国《くに》を愛《あい》する人《ひと》たちの心《こころ》を砕《くだ》いた、もっとも大《おお》きな問題《もんだい》でした。

この時《とき》、希望《きぼう》を抱《いだ》いて立《た》ち上《あ》がった一人《ひとり》の軍人《ぐんじん》がいました。戦場《せんじょう》から帰《かえ》ったエンリコ・ミリウス・ダルガス（一八二八《せんはっぴゃくにじゅうはち》～九四《きゅうじゅうよん》）です。ダルガスは、年《とし》は三十六才《さんじゅうろくさい》、工兵士官《こうへいしかん》として戦場《せんじょう》に橋《はし》を架《か》けたり、道路《どうろ》を築《きず》いたりしてきました。

「今《いま》は、デンマークにとって、一番厳《いちばんきび》しい時《とき》だね。」

と、ダルガスの友《とも》だちが言《い》いました。

「その通《とお》りだ。このままではデンマークは衰《おとろ》えるばかりだ。」

ダルガスは答《こた》えました。

「外《そと》で失《うしな》ったものを、内《うち》で取《と》り戻《もど》そう。ぼくたちが生《い》きている間《あいだ》に、ユトランドの広野《こうや》を豊《ゆた》かな緑《みどり》の野《の》にするんだ。」

ユトランドは、デンマークの半分以上《はんぶんいじょう》の広《ひろ》さがあるのですが、その三分《さんぶん》の一以上《いちいじょう》が、作物《さくもつ》のできない土地《とち》でした。これを肥《こ》えた土地《とち》にするのが、ダルガスの夢《ゆめ》でした。他人《たにん》が失望《しつぼう》しても、彼《かれ》は希望《きぼう》を失《うしな》いません。国運回復《こくうんかいふく》の計画《けいかく》を立《た》て、剣《けん》で失《うしな》ったものを鋤《すき》で取《と》り戻《もど》そうと決心《けっしん》したのです。

ダルガスは戦争《せんそう》の間《あいだ》、工兵士官《こうへいしかん》として橋《はし》を架《か》けたり、道路《どうろ》を造《つく》ったり、溝《みぞ》を掘《ほ》ったりするときに、よくその国土《こくど》の地質《ちしつ》や、その土地《とち》にあった作物《さくもつ》についての研究《けんきゅう》をしました。こんどはその研究《けんきゅう》を生《い》かして、残《のこ》った土地《とち》の大部《だいぶ》分《ぶん》を占《し》めるユトランドの荒《あ》れ地《ち》と戦《たたか》い、これを豊《ゆた》かな土地《とち》にしようとする大《だい》計画《けいかく》を立《た》てたのです。ダルガスは、とおりいっぺんの空想家《くうそうか》ではありません。彼《かれ》は科学的知識《かがくてきちしき》の持《も》ち主《ぬし》であり、同時《どうじ》にその胸《むね》には理想《りそう》への強《つよ》い思《おも》いが漲《みなぎ》っていました。

この夢《ゆめ》を実現《じつげん》するためにダルガスの取《と》るべき手《て》だては、ただ二《ふた》つしかありません。その第一《だいいち》は水《みず》を引《ひ》くことであり、第二《だいに》は木《き》を植《う》えることでした。

しかし、ひと口《くち》に植林《しょくりん》と言《い》っても、この土地《とち》では並大抵《なみたいてい》のことではありません。八百年前《はっぴゃくねんまえ》、ユトランドの平野《へいや》には、よく茂《しげ》った森林《しんりん》がありました。

でも、伐採《ばっさい》するばかりで手入《てい》れを怠《おこた》ったために、土地《とち》は年《とし》を追《お》ってやせ衰《おとろ》え、ついに荒《あ》れ果《は》ててしまったのです。これを甦《よみがえ》らせるには、溝《みぞ》を掘《ほ》って水《みず》を注《そそ》ぎ、平野《へいや》の雑草《ざっそう》を刈《か》り取《と》って、じゃが芋《いも》や牧草《ぼくそう》を植《う》え、さらには木《き》を植《う》えなくてはなりません。なかでも一番《いちばん》難《むずか》しいのは、木《き》を植《う》えることでした。

「何《なに》か、この荒野《こうや》に適《てき》する木《き》はないだろうか。」

ユトランド半島
デンマーク
敗戦直後の領土
コペンハーゲン
現在の国境
シュレスウィヒ州
ホルシュタイン州
オランダ
ドイツ

ダルガスは、荒《あ》れ地《ち》に育《そだ》つ木《き》があるかどうかについて、研究《けんきゅう》を重《かさ》ねました。何日《なんにち》も何日《なんにち》も神《かみ》に祈《いの》り、どうしたら木《き》が育《そだ》つかを考《かんが》えました。そこで思《おも》いついたのが、寒《さむ》さや荒《あ》れ地《ち》に強《つよ》いと言《い》われているノルウェー産《さん》のモミの木《き》でした。これならユトランドの荒《あ》れ地《ち》にも育《そだ》つだろうと思《おも》って、実際《じっさい》に試験《しけん》してみました。すると、確《たし》かにモミの木《き》は生《は》えるのですが、数年《すうねん》もしないうちに、すべて枯《か》れてしまいました。ユトランドの荒《あ》れ地《ち》にはもはや、この強《つよ》い木《き》を養《やしな》う力《ちから》さえ残《のこ》っていなかったのです。人々《ひとびと》は、ダルガスのところにたくさんの苦情《くじょう》を持《も》って来《き》ました。ダルガスは、これらの苦情《くじょう》を黙《だま》って聞《き》きました。そして皆《みんな》に言《い》いました。

「大変《たいへん》な仕事《しごと》ですが、もう一度《いちど》やり直《なお》しましょう。」

「もう一度《いちど》やり直《なお》すって？いったい誰《だれ》がやり直《なお》すというんです。」

人々《ひとびと》はダルガスに聞《き》き直《なお》しました。すると、ダルガスは力《ちから》を込《こ》めて答《こた》えました。

「私《わたし》たちですよ。だってこの土地《とち》は、私《わたし》たちの大切《たいせつ》な国《くに》ではありませんか。」

人々《ひとびと》は、国《くに》を思《おも》うダルガスの真心《まごころ》に動《うご》かされ、もう一度《いちど》協力《きょうりょく》することを誓《ちか》いました。

「自然《しぜん》は、この難《むずか》しい問題《もんだい》を、必《かなら》ず解決《かいけつ》してくれるにちがいない。」

とダルガスは熱心《ねっしん》に研究《けんきゅう》を続《つづ》けました。そして、ダルガスがふと思《おも》いついたのが、ノルウェー産《さん》のモミの間《あいだ》に、アルプス産《さん》の小《こ》モミの木《き》を植《う》えることでした。すると不思議《ふしぎ》にも、その二種類《にしゅるい》のモミの木《き》は、互《たが》いに助《たす》け合《あ》うように生長《せいちょう》し、年《とし》が経《た》っても枯《か》れないでよく茂《しげ》りました。

「やったぞ。これなら木《き》が枯《か》れずによく茂《しげ》る。デンマークに緑《みどり》の野《の》ができるぞ。」

こうしてユトランドの荒《あ》れ野《の》には、年《とし》ごとに緑《みどり》の野《の》が広《ひろ》がりました。ダルガスの希望《きぼう》であり、デンマークの希望《きぼう》であるこの植林事業《しょくりんじぎょう》は、みごとに花《はな》開《ひら》いたのです。そして、デンマークの人々《ひとびと》の、国《くに》を盛《も》りたてようという意気《いき》込《ご》みは、年々《ねんねん》高《たか》まっていきました。

しかしまだ問題《もんだい》は残《のこ》っていました。緑《みどり》の野《の》はできましたが、そこから建《けん》

ダルカスが植《う》えたものと同《おな》じもみの木《き》

築用材《ちくようざい》を生《う》み出《だ》したいというダルガスの希望《きぼう》は、なかなか実現《じつげん》されなかったのです。先《さき》に述《の》べたようにノルウェー産《さん》のモミは、アルプス産《さん》の小《こ》モミを植《う》えたので、枯《か》れるという心配《しんぱい》はなくなりました。しかし、ある程度《ていど》の大《おお》きさになると、そこで生長《せいちょう》を止《と》めてしまったのです。

「どうして生長《せいちょう》が止《と》まるのだろう。」

悩《なや》むダルガスに、デンマークの農夫《のうふ》たちは次第《しだい》にあせり始《はじ》めて、

「ダルガス、こんな小《ちい》さな木《き》では木材《もくざい》はできないぞ。なんとかしてくれ。」

と言《い》って詰《つ》め寄《よ》りましたが、ダルガスは、そうした苦情《くじょう》にも黙《だま》って耐《た》え、研究《けんきゅう》を重《かさ》ねました。

ダルガスの長男《ちょうなん》フレデリック・ダルガスは、父《ちち》の性質《せいしつ》に似《に》て植物《しょくぶつ》の研究《けんきゅう》が好《す》きでした。長年《ながねん》の父《ちち》の努力《どりょく》を見続《みつづ》けてきた若《わか》いダルガスは、父《ちち》の仕事《しごと》

をどうにか手助《てだす》けできないものかと、研究《けんきゅう》を続《つづ》けました。そして、彼《かれ》は、モミの生長《せいちょう》について大《おお》きな発見《はっけん》をしたのです。

「大《おお》モミが、ある大《おお》きさ以上《いじょう》に生長《せいちょう》しないのは、きっと小《こ》モミをいつまでも大《おお》モミのそばに並《なら》べておくからだ。ある時期《じき》になって、小《こ》モミを切《き》り払《はら》ってしまえば、大《おお》モミは土地《とち》をひとりじめにして、生長《せいちょう》するにちがいない。」

そこでダルガスは息子《むすこ》の意見《いけん》を入《い》れ、小《こ》モミを切《き》り払《はら》ってみると、予想《よそう》どおりの結果《けっか》になりました。

「フレデリック、よく気《き》づいた。大《おお》モミが生長《せいちょう》し始《はじ》めたぞ。」

小《こ》モミは、ある大《おお》きさまでは大《おお》モミの生長《せいちょう》を促《うなが》す力《ちから》を持《も》っているのですが、それを超《こ》えると、かえって妨《さまた》げになるという植物学上《しょくぶつがくじょう》の理論《りろん》が、ダルガス親子《おやこ》によって実証《じっしょう》されたのです。こうしてユトランドの荒《あ》れ地《ち》には、背《せ》の高《たか》いモミの林《はやし》が見《み》られるようになったのです。

「すごいぞ、ダルガス。これでユトランドが甦《よみがえ》るぞ。」
友《とも》だちは揃《そろ》ってダルガスの肩《かた》をたたいて祝福《しゅくふく》しました。

ダルガス親子《おやこ》の発見《はっけん》と努力《どりょく》によってもたらされたのは、木材《もくざい》だけにとどまりません。第一《だいいち》にユトランドの気候《きこう》が、そのよい影響《えいきょう》を受《う》けました。木《き》の茂《しげ》っていない土地《とち》は、熱《ねっ》しやすく冷《さ》めやすいので、ダルガスの植林《しょくりん》以前《いぜん》は、ユトランドの夏《なつ》というと、昼《ひる》は暑《あつ》く、夜《よる》はときに霜《しも》まで見《み》ることがあったのです。

そのころ、ユトランドの農夫《のうふ》の作《つく》った農作物《のうさくぶつ》は、じゃが芋《いも》、黒麦《くろむぎ》、そのほかのわずかなものに過《す》ぎませんでした。しかし、植林《しょくりん》が成功《せいこう》したあとの農《のう》業《ぎょう》は、すっかり変《か》わりました。夏《なつ》に霜《しも》が降《お》りることはまったくなくなり、小《こ》麦《むぎ》、さとう大根《だいこん》など北《きた》ヨーロッパ産《さん》の農作物《のうさくぶつ》で、できないものはないまでに

Ta.

なりました。ユトランドの荒《あ》れ地《ち》は、大《おお》モミの林《はやし》のおかげで、肥《こ》えた田園地《でんえんち》帯《たい》に生《う》まれ変《か》わったのです。木材《もくざい》が与《あた》えられた上《うえ》に、良《よ》い気候《きこう》が与《あた》えられ、豊《ゆた》かな土地《とち》と農作物《のうさくぶつ》が与《あた》えられたのです。

そればかりではありません。茂《しげ》った林《はやし》は、海岸《かいがん》から吹《ふ》き送《おく》られてくる砂《すな》ぼこりを防《ふせ》ぎ、さらに北海岸《きたかいがん》特有《とくゆう》の砂丘《さきゅう》を海岸《かいがん》近《ちか》くでくい止《と》めました。霜《しも》が消《き》え、砂《すな》が去《さ》り、その上《うえ》、水《みず》の害《がい》の心配《しんぱい》もなくなったので、すたれた都市《とし》が再《ふた》び興《お》こり、新《あたら》しい町村《ちょうそん》が生《う》まれ、道路《どうろ》や鉄道《てつどう》がいたるところに敷《し》かれました。牛《うし》や馬《うま》を飼《か》う牧場《ぼくじょう》も次々《つぎつぎ》にできて、バター、チーズは外国《がいこく》にまでも輸出《ゆしゅつ》されるようになり、世界《せかい》でも指折《ゆびお》りの富《と》んだ国《くに》になっていきました。

こうしてユトランドの原野《げんや》には緑《みどり》が甦《よみがえ》りました。ユトランドは生《う》まれ変《か》わったのです。戦《たたか》いによって失《うしな》われたシュレスウィヒとホルスタイン以上《いじょう》のものを、ユトランドの荒《あ》れ地《ち》に生《う》み出《だ》すことができたのです。

しかし、ここで忘《わす》れてならないことは、木材《もくざい》よりも、農作物《のうさくぶつ》よりも、もっと尊《とうと》いものが甦《よみがえ》ったということです。それは「全国民《ぜんこくみん》の魂《たましい》」です。デンマーク人《じん》の魂《たましい》は、ダルガスの研究《けんきゅう》と実行《じっこう》の結果《けっか》として、すっかり生《う》まれ変《か》わりました。敗戦《はいせん》のために意気《いき》の衰《おとろ》えていた国民《こくみん》は希望《きぼう》を取《と》り戻《もど》し、ひたむきな研究《けんきゅう》と我慢《がまんづよ》強い実行《じっこう》、誠実《せいじつ》な協力《きょうりょく》によって、荒《あ》れ地《ち》を緑《みどり》の野《の》とし、祖国《そこく》を甦《よみがえ》らせ、ついに今日《こんにち》のような豊《ゆた》かな国家《こっか》をうち建《た》てることができたのです。

このダルガスの物語《ものがたり》は、明治四十四年《めいじよんじゅうよねん》（一九一一《せんきゅうひゃくじゅういち》）に内村鑑三《うちむらかんぞう》が「デンマルク国《こく》の話《はなし》」と題《だい》して行《おこな》った講演《こうえん》の中《なか》で紹介《しょうかい》されたもので、のちに一冊《いっさつ》の本《ほん》にもなって広《ひろ》く知《し》られるようになりました。これを読《よ》んで共感《きょうかん》した人々《ひとびと》の中《なか》には、デンマークに渡《わた》って、植林《しょくりん》や農業《のうぎょう》の技術《ぎじゅつ》を学《まな》ぶ人《ひと》もいました。また当時《とうじ》はげ山《やま》が多《おお》かった朝鮮半島《ちょうせんはんとう》に出《で》かけて植林事業《しょくりんじぎょう》を進《すす》めた人《ひと》もいました。

内村鑑三《うちむらかんぞう》は、そのあとも事《こと》あるごとに、この物語《ものがたり》を引用《いんよう》して「国《くに》を興《おこ》さんとすれば木《き》を植《う》えよ」「植林《しょくりん》は王者《おうじゃ》の業《わざ》なり」と、植林《しょくりん》の意義《いぎ》を熱心《ねっしん》に訴《うった》え続《つづ》けました。

笛の名人

鎌《かま》倉《くら》時《じ》代《だい》、京《きょう》都《と》に和《わ》迩《に》部《べの》用《もち》光《みつ》という笛《ふえ》の名人《めいじん》がいました。ある年《とし》の、夏《なつ》も終《お》わろうとするころです。用光《もちみつ》は土佐《とさ》の国《くに》（現在《げんざい》の高知県《こうちけん》）のあるお宮《みや》の祭《まつ》りに、楽人《がくじん》（楽器《がっき》を演奏《えんそう》する人《ひと》）として招《まね》かれました。無事《ぶじ》に役目《やくめ》を果《は》たした用光《もちみつ》は、わが家《や》へ帰《かえ》る船旅《ふなたび》を楽《たの》しんでいました。

船《ふね》は穏《おだ》やかな瀬戸内海《せとないかい》を進《すす》んで、安芸《あき》の国《くに》（現在《げんざい》の広島県《ひろしまけん》）の、とある港《みなと》に向《む》かっていました。用光《もちみつ》は屋形《やかた》（船《ふね》の上《うえ》に屋根《やね》をつけたもの）の外《そと》に出《で》て、ときどき海《うみ》を渡《わた》って来《く》る心地《ここち》よい夕風《ゆうかぜ》を受《う》けながら、夕日《ゆうひ》を浴《あ》びた瀬戸内海《せとないかい》沿岸《えんがん》の山々《やまやま》や、さざ波《なみ》の上《うえ》を流《なが》れていく薄紫色《うすむらさきいろ》の夕《ゆう》もやを眺《なが》めては、自分《じぶん》の帰《かえ》りを待《ま》ちわびている妻子《さいし》のことを思《おも》っていました。

どれほどの時《とき》が経《た》ったでしょうか。ふと、用光《もちみつ》は夕《ゆう》もやのかなたに、一艘《いっそう》の船《ふね》の影《かげ》を見《み》いだしました。

いつの間《ま》に、どこから来《き》たのか、船《ふね》の影《かげ》はみるみる、その大《おお》きさを増《ま》して

きます。まるで用光《もちみつ》の船《ふね》を追《お》いかけているような気《き》がします。それに、どこ
となく普通《ふつう》の船《ふね》とは違《ちが》う……と、用光《もちみつ》が目《め》をこらした時《とき》です。
「海賊船《かいぞくせん》だ。海賊《かいぞく》が出《で》た。」
と、船《ふね》の艫《とも》（船尾《せんび》）にいた一人《ひとり》の船頭《せんどう》が、けたたましい声《こえ》で叫《さけ》びました。た
ちまち船《ふね》の中《なか》は大騒《おおさわ》ぎとなりました。泣《な》きわめく人《ひと》。弓矢《ゆみや》はどこにあるかと、
どなる武士《ぶし》。手向《てむ》かってはいけないと、どもりながら、おどおどしている商
人《にん》。

今《いま》はもう、船《ふね》の上《うえ》の海賊《かいぞく》たちの様子《ようす》もはっきりと見《み》えて来《き》ました。ギラギ
ラと光《ひか》る太刀《たち》を持《も》ち、弓《ゆみ》を構《かま》えて、こちらの船《ふね》に飛《と》び移《うつ》ろうと身構《みがま》えていま
す。しかし、こちらにはまともに戦《たたか》える武器《ぶき》一《ひと》つありません。今《いま》にも海賊《かいぞく》た
ちが踏《ふ》み込《こ》んでくるかと思《おも》われた、その時《とき》です。

「待《ま》て！そこの船《ふね》の者《もの》ども、止《と》まれ。」

突然《とつぜん》、太《ふと》く力強《ちからづよ》い声《こえ》で、海賊船《かいぞくせん》に向《む》かって呼《よ》びかけた者《もの》がありました。

「その船《ふね》の者《もの》ども。私《わたし》はこの期《ご》におよんで、助《たす》けてくれなどと情《なさ》けないことは言《い》わぬ。荷物《にもつ》がほしければ、荷物《にもつ》も持《も》って行《い》け。命《いのち》がほしければ命《いのち》もやる。しかし、もし殺《ころ》されるのなら、その前《まえ》にただ一《ひと》つだけ、頼《たの》みたいことがある。」

声《こえ》の主《ぬし》は用光《もちみつ》でした。思《おも》い詰《つ》めた、気持《きも》ちのこもったその声《こえ》に、海賊《かいぞく》たちの動《うご》きはぴたりと止《や》みました。用光《もちみつ》は、肌身《はだみ》はなさず大切《たいせつ》にしてきた笛《ふえ》を、しっかりと握《にぎ》りしめながら、海賊《かいぞく》たちに向《む》かって言葉《ことば》を続《つづ》けました。

「私《わたし》は、今《いま》まで笛《ふえ》の稽古《けいこ》に打《う》ち込《こ》んできた。そして、一生《いっしょう》をこの笛《ふえ》と共《とも》に送《おく》ってきた。しかし、自分《じぶん》の命《いのち》も今日《きょう》かぎりになるかもしれない。せめてこの世《よ》の別《わか》れに、心《こころ》を込《こ》めて一曲《いっきょく》、吹《ふ》きたいと思《おも》う。」

海賊《かいぞく》たちはゲラゲラと笑《わら》いだしました。

「のんきなことを言《い》う奴《やつ》だ。」

「笛《ふえ》など、聞《き》いている暇《ひま》などないわい。」

「かまわん。乗《の》り込《こ》め。」

などと、わめき散《ち》らしながら、海賊《かいぞく》たちは、用光《もちみつ》らの船《ふね》に乗《の》り移《うつ》ろうとしました。と、その時《とき》、

「待《ま》て！」

と、鋭《するど》い声《こえ》で叫《さけ》ぶ者《もの》がいました。それは、なんと海賊《かいぞく》たちの頭《かしら》でした。髭《ひげ》だらけの顔《かお》、突《つ》き刺《さ》すような険《けわ》しい目《め》で用光《もちみつ》をにらんでいます。

「皆《みな》の者《もの》、しばらく待《ま》て。面白《おもしろ》いことを言《い》う奴《やつ》もあるものだ。この世《よ》のなごりの一曲《いっきょく》とやらを聞《き》

かせてもらおうじゃないか。

仕事《しごと》はそのあとだ。」

頭《かしら》の言葉《ことば》に海賊《かいぞく》たちの騒《さわ》ぎはぴたりと止《や》みました。

「かたじけない。それでは、さっそく。」

用光《もちみつ》は深々《ふかぶか》とおじぎをしました。そして、目《め》を閉《と》じて静《しず》かに笛《ふえ》を構《かま》え、大《おお》きく息《いき》を吸《す》うと、この世《よ》のものと思《おも》えないほどの澄《す》んだ笛《ふえ》の音《ね》が、流《なが》れ始《はじ》めました。用光《もちみつ》は我《われ》を忘《わす》れ、ただひたすらに心《こころ》を込《こ》めて吹《ふ》きまし

た。一音一音《いちおんいちおん》に、すべての神経《しんけい》を集中《しゅうちゅう》させて吹《ふ》きました。用光《もちみつ》の命《いのち》のこもった、笛《ふえ》の音《ね》は、青《あお》い月《つき》の光《ひかり》に照《て》らされて輝《かがや》くさざ波《なみ》のように、ときには高《たか》く、ときには低《ひく》く、どこまでも遠《とお》く広《ひろ》く響《ひび》いていきました。

やがて、曲《きょく》は終《お》わりました。静《しず》かに笛《ふえ》を置《お》いた用光《もちみつ》は、

「もう何《なに》も思《おも》い残《のこ》すことはない。」

と思《おも》いました。

不思議《ふしぎ》な静《しず》けさの中《なか》、船底《ふなぞこ》をあらう波《なみ》の音《おと》だけが聞《き》こえます。どうしたことか、海賊《かいぞく》たちも、誰《だれ》ひとりとして動《うご》こうとしません。ただ呆然《ぼうぜん》と立《た》ちつくしているだけです。海賊《かいぞく》の頭《かしら》の目《め》は、涙《なみだ》に濡《ぬ》れ、深《ふか》くやさしい眼《まなざし》になっていました。そして、以前《いぜん》とは違《ちが》った口調《くちょう》でこう言《い》いました。

「おまえの笛《ふえ》を聞《き》いているうちに、気《き》が変《か》わった。物取《ものと》りは止《や》めだ。皆《みな》の者《もの》、引《ひ》き上《あ》げろ。」

頭《かしら》の命令《めいれい》に海賊《かいぞく》の船《ふね》は静《しず》かに離《はな》れていき、夕闇《ゆうやみ》の中《なか》に姿《すがた》を消《け》しました。あとには、月《つき》の光《ひかり》に照《て》らされたさざ波《なみ》が、キラキラと輝《かがや》いていました。

これは鎌倉時代《かまくらじだい》に作《つく》られた『十訓抄《じっきんしょう》』（じゅっきんではなく、じっきんと読《よ》む）という説話集《せつわしゅう》の中《なか》に収《おさ》められているお話《はなし》です。

『十訓抄《じっきんしょう》』は、日本《にほん》、中国《ちゅうごく》、インドから集《あつ》めてきた約三百編《やくさんびゃくへん》の説話《せつわ》を、「人《ひと》には親切《しんせつ》を施《ほどこ》そう」「自分《じぶん》が偉《えら》くなったと有頂天《うちょうてん》になってはいけない」などの十カ条《じっかじょう》の教訓的《きょうくんてき》なテーマに分類《ぶんるい》して、三巻《さんかん》の本《ほん》にまとめたものです。その序《じょ》（本《ほん》のはじめの言葉《ことば》）には、

「人《ひと》の道《みち》をまだ十分《じゅうぶん》に学《まな》んでいない児童《じどう》たちのために、それを身《み》につける手掛《てが》かりになる話《はなし》を集《あつ》めて、この説話集《せつわしゅう》を作《つく》った。」

と書《か》かれています。

五人の庄屋

筑後川《ちくごがわ》の中流《ちゅうりゅう》、福岡県《ふくおかけん》・浮羽町《うきはまち》に、
流域《りゅういき》の人々《ひとびと》の生活《せいかつ》を豊《ゆた》かに潤《うるお》している
大石堰《おおいしぜき》という堰《せき》があります。
江戸時代《えどじだい》のはじめの大飢饉《だいききん》のときに
このあたりに住《す》んでいた五人《ごにん》の庄屋《しょうや》が
相談《そうだん》に相談《そうだん》を重《かさ》ね、皆《みな》で力《ちから》を合《あ》わせて
造《つく》ろうと思《おも》い立《た》ったのが、
この堰《せき》の始《はじ》まりです。
そこには五人《ごにん》の庄屋《しょうや》をはじめとする村《むら》の人々《ひとびと》の
命《いのち》がけの努力《どりょく》がありました。

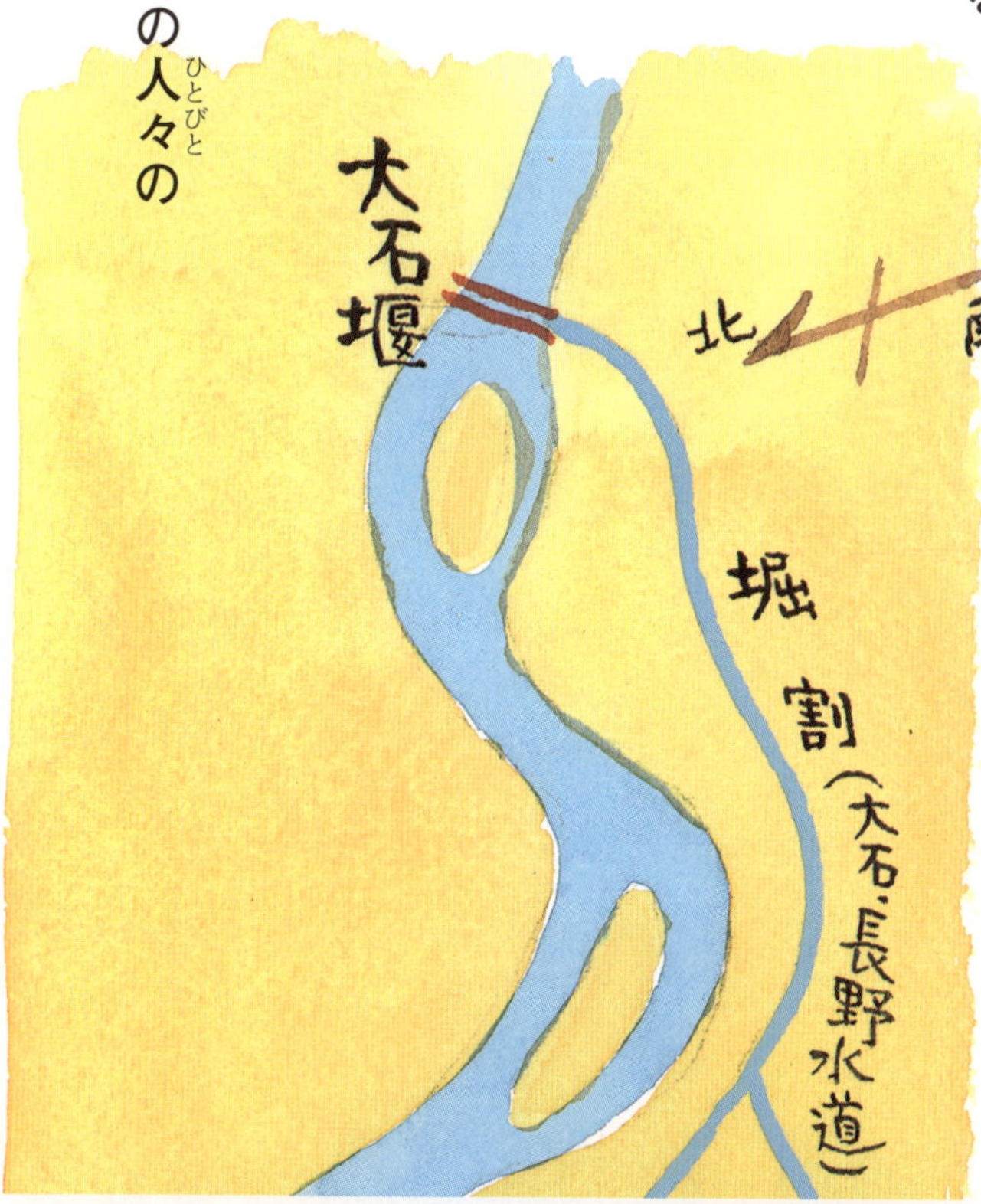

久《く》留米《るめ》の東《ひがし》、筑後川《ちくごがわ》の流《なが》れに沿《そ》ったこの地方《ちほう》は、もともと水《みず》の便《べん》が悪《わる》く、そのために水田《すいでん》は、わずかな低湿地《ていしっち》にあるだけで、あとは荒《あ》れ地《ち》の間《あいだ》を開墾《かいこん》して畑《はたけ》を作《つく》っていました。すぐ目《め》の前《まえ》に大《おお》きな筑後川《ちくごがわ》が流《なが》れていながら、その水位《すいい》が低《ひく》く、流《なが》れが急《きゅう》なために、水《みず》を引《ひ》くことができなかったのです。開《かい》墾《こん》した畑《はたけ》も、日照《ひで》りが続《つづ》くと水《みず》が枯《か》れ、長雨《ながあめ》が降《ふ》ると水《みず》に浸《つ》かり、収穫《しゅうかく》がまったくない年《とし》もあり、村人《むらびと》の生活《せいかつ》の貧《まず》しさは大変《たいへん》なものでした。

江戸時代《えどじだい》のはじめ、寛文三年《かんぶんさんねん》（一六六三《せんろっぴゃくろくじゅうさん》）、この地方《ちほう》に栗林次兵衛《くりばやしじへえ》、本松平右衛門《もとまつへいえもん》、山下助左衛門《やましたすけざえもん》、重富平左衛門《しげどみへいざえもん》、猪山作之丞《いやまさくのじょう》という五人《ごにん》の庄《しょう》屋《や》がいました。五人《ごにん》は、この村々《むらむら》の困窮《こんきゅう》をどうにかして救《すく》う方法《ほうほう》はないだろうかと、たびたび集《あつ》まっては相談《そうだん》をしていました。

その年《とし》の夏《なつ》は大干《だいかん》ばつで、雨《あめ》が降《ふ》らず、作物《さくもつ》は日焼《ひや》けして、村人《むらびと》たちはもう食《た》べ物《もの》がほとんどなくなっていました。草《くさ》の根《ね》や木《き》の根《ね》までも食《た》べなくてはならないほどで、祖先《そせん》から大切《たいせつ》に受《う》け継《つ》いできた土地《とち》を捨《す》てて、ほかの土地《とち》へ逃《に》げ出《だ》す者《もの》や、餓死《がし》者《しゃ》まで出《で》るという有様《ありさま》でした。

五人《ごにん》の庄屋《しょうや》は、このような村《むら》の悲惨《ひさん》な有様《ありさま》を見《み》て、いても立《た》ってもいられない気持《きも》ちになりました。

「次《つぎ》の年《とし》の田植《たう》えまでに、かねて計《けい》画《かく》していた工事《こうじ》を実行《じっこう》しなければ村《むら》は救《すく》えない。」

「一刻《いっこく》も早《はや》く、工事《こうじ》を急《いそ》がねば、…」

と、五人《ごにん》は話《はな》し合《あ》いました。

かねて計画《けいかく》していた工事《こうじ》とは、自分《じぶん》たちの村《むら》から

十《じっ》キロほど離《はな》れた筑後川《ちくごがわ》の上流《じょうりゅう》に堰《せき》（水《みず》をせきとめるためのしきり）を作《つく》り、そこから村《むら》まで掘割《ほりわり》（地面《じめん》を掘《ほ》って作《つく》った水路《すいろ》）を掘《ほ》り、それを通《つう》じて水《みず》を引《ひ》くという工事《こうじ》でした。堰《せき》は村《むら》より高《たか》いところにあるので、堰《せき》と掘割《ほりわり》の間《あいだ》に設《もう》けられた水門《すいもん》を開《ひら》いたり閉《と》じたりすることによって必要《ひつよう》なだけの水《みず》が流《なが》れ落《お》ちてくるという計画《けいかく》です。

しかし、なにしろこれまで誰《だれ》も考《かんが》えたことのないような大規模《だいきぼ》な計画《けいかく》ですから、十《じゅう》や二十《にじゅう》の村《むら》が集《あつ》まったぐらいではとても実現《じつげん》できそうにもありません。なんとかして藩《はん》の許可《きょか》を取《と》りつけ、藩営《はんえい》の工事《こうじ》（藩《はん》が指導《しどう》し指揮《しき》を執《と》る工事《こうじ》）にしてもらえないものかと五人《ごにん》は心《こころ》を砕《くだ》きました。

そんなことを話《はな》し合《あ》っていたおり、藩《はん》の役人《やくにん》である郡奉行《こおりぶぎょう》（庄屋《しょうや》たちをまとめている藩《はん》の役人《やくにん》）の高村権内《たかむらごんない》という人《ひと》が、村々《むらむら》を見回《みまわ》りにきて、五《ご》人《にん》の庄屋《しょうや》の一人《ひとり》である山下助左衛門《やましたすけざえもん》の家《いえ》に泊《と》まりました。

五人《ごにん》の庄屋《しょうや》はこの時《とき》とばかりに、うちそろって、村人《むらびと》が苦《くる》しんでいる有《あり》様《さま》を郡奉行《こおりぶぎょう》に訴《うった》え、かねての計画《けいかく》を熱心《ねっしん》に説明《せつめい》しました。

「村《むら》を救《すく》うためには藩《はん》のお力《ちから》がどうしても必要《ひつよう》です。ぜひとも藩《はん》のお許《ゆる》しが出《で》るように取《と》り計《はか》らっていただきたい。」

五人《ごにん》は苦《くる》しんでいる村人《むらびと》のことを思《おも》うと、必死《ひっし》にお願《ねが》いせずにはいられま

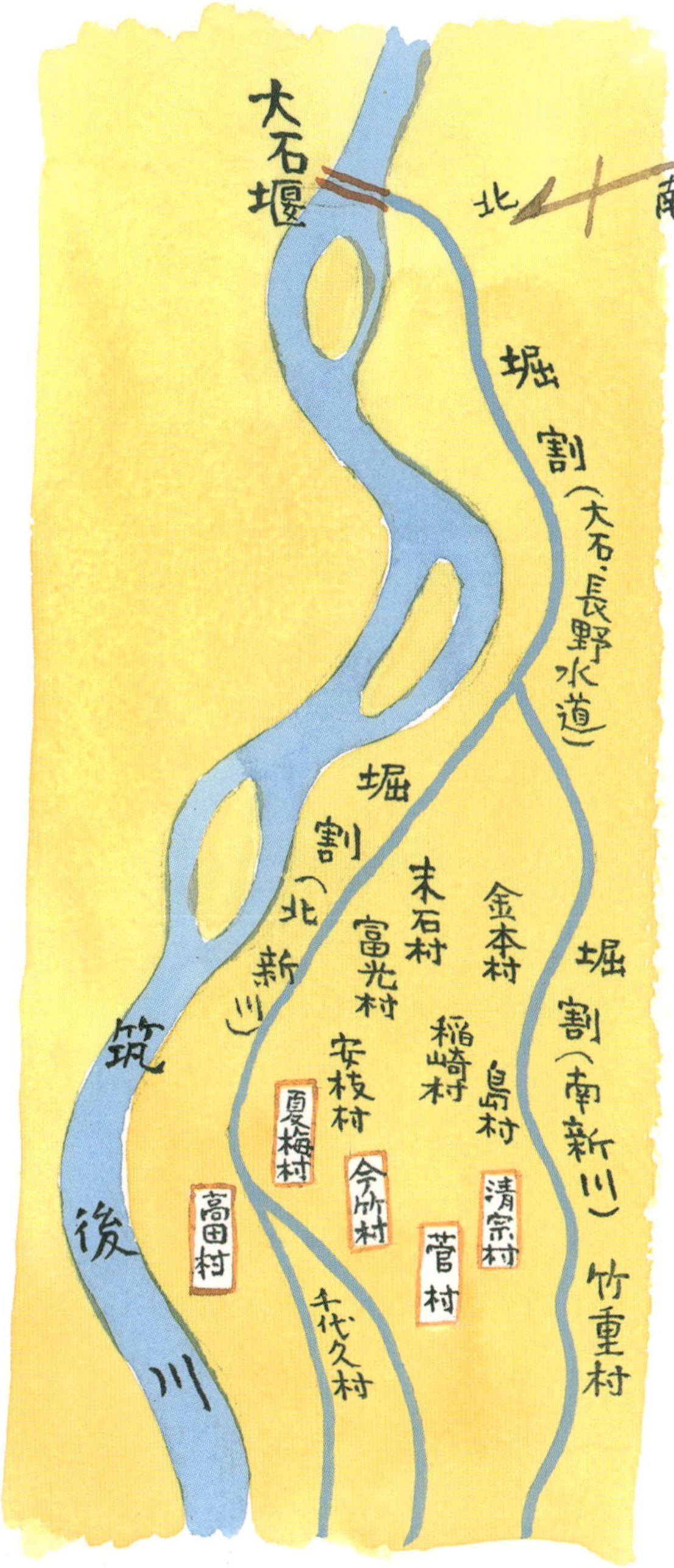

せんでした。郡奉行《こおりぶぎょう》の高村権内《たかむらごんない》は、五人《ごにん》の訴《うった》えをじっと目《め》を閉《と》じて聞《き》き入《い》っていました。そして、五人《ごにん》の訴《うった》えが終《お》わると、

「それはよい思《おも》いつきだ。成功《せいこう》すればお前《まえ》たちの生活《せいかつ》も楽《らく》になり藩《はん》の財政《ざいせい》も豊《ゆた》かになることであろう。だが、藩《はん》の許可《きょか》を願《ねが》い出《で》るには、まず水路《すいろ》がどこを通《とお》り、どんな工事《こうじ》になるのか、詳《くわ》しい設計書《せっけいしょ》や見積書《みつもりしょ》（費用《ひよう》がどれだけかかるかを示《しめ》した計画書《けいかくしょ》）をしっかりと作《つく》るのが先決《せんけつ》だ。その準備《じゅんび》を急《いそ》ぐように。」

と励《はげ》ましてくれました。

五《ご》人《にん》の庄屋《しょうや》は、予期《よき》していた以上《いじょう》の励《はげ》ましを受《う》けて非常《ひじょう》に喜《よろこ》びましたが、これまで誰《だれ》も企《くわだ》てたこともない大工事《おおしごと》なので、はたして藩《はん》の許可《きょか》が得《え》られるかどうかが大変心配《たいへんしんぱい》でした。そこで、五人《ごにん》の庄屋《しょうや》は、

「我々《われわれ》がいったん、この仕事《しごと》を思《おも》い立《た》った以上《いじょう》は、たとえどんなことがあっても生死《せいし》を共《とも》にして、この仕事《しごと》を成功《せいこう》させよう。」

と血判書《けっぱんしょ》（指先《ゆびさき》の血《ち》で判《はん》を押《お》した文書《ぶんしょ》）を書《か》いて、堅《かた》く誓《ちか》い合《あ》いました。そして、さっそく実地《じっち》の測量《そくりょう》を開始《かいし》しました。水路《すいろ》の通《とお》る位置《いち》・長《なが》さ・深《ふか》さ、そのためにつぶれる土地《とち》の広《ひろ》さ、工事《こうじ》に必要《ひつよう》な人夫《にんぷ》の数《かず》、堰《せき》を築《きず》くための石《いし》の大《おお》きさ・数《かず》など、綿密《めんみつ》な計画《けいかく》を立《た》てるために、昼夜《ちゅうや》を分《わ》かたぬ努力《どりょく》を続《つづ》けました。村《むら》の者《もの》を集《あつ》めてこの計画《けいかく》を話《はな》すと、皆《みんな》は庄屋《しょうや》を助《たす》け、力《ちから》を合《あ》わせて働《はたら》くことを申《もう》し出《で》てくれました。

この計画《けいかく》を聞《き》いた近《ちか》くの村《むら》の庄屋《しょうや》の中《なか》には、

「我々《われわれ》の村《むら》もぜひ仲間《なかま》に加《くわ》えてもらいたい。」

と願《ねが》い出《で》る者《もの》も出《で》て来《き》ました。しかし、五人《ごにん》の庄屋《しょうや》は

「もし、この大工事《おおしごと》が成功《せいこう》しなかったら、我々五人《われわれごにん》は命《いのち》を捨《す》てるつもりだ。

ほかの人《ひと》たちを仲間《なかま》に入《い》れて迷惑《めいわく》をかけるわけにはいかない。」と言《い》って断《ことわ》りました。しかし、願《ねが》い出《で》た庄屋《しょうや》たちの志《こころざし》の堅《かた》いことがだんだんわかってきたので、仲間《なかま》に入《い》れることにしました。こうして、十三カ村《じゅうさんかそん》十一庄屋《じゅういちしょうや》で藩《はん》に願《ねが》い出《で》ることになりました。

ところが藩《はん》では、

「このような大工事《おおしごと》は、そう簡単《かんたん》に成功《せいこう》するものではない。もし失敗《しっぱい》でもしたら皆《みな》の笑《わら》いものになり、これを許可《きょか》した藩《はん》の名誉《めいよ》が傷《きず》つけられることになる。」

と言《い》って、なかなか許可《きょか》してくれませんでした。その上《うえ》、水《みず》を使《つか》わない村々《むらむら》や、水路《すいろ》の通《とお》る村々《むらむら》の庄屋《しょうや》が、猛烈《もうれつ》な反対運動《はんたいうんどう》を起《お》こしていました。

「自分《じぶん》たちの村《むら》に水《みず》を引《ひ》くわけでもないのに、工事《こうじ》にかかりだされるのではたまったもんじゃない。」

「水路《すいろ》が通《とお》るために、家を立ちのかされることにでもなれば大変《たいへん》だ。」

「自分《じぶん》たちの木《き》や竹《たけ》が切《き》り払《はら》われ、工事《こうじ》の材料《ざいりょう》として持《も》っていかれるのも困《こま》る。」

「堰《せき》を作《つく》ると、洪水《こうずい》のとき、自分《じぶん》たちの村《むら》の田畑《たはた》が流《なが》され、大変《たいへん》な損害《そんがい》を受《う》けるのではないか。」

などと、さまざまな反対理由《はんたいりゆう》を藩《はん》に申《もう》し立《た》てていたのです。

しかし、五人《ごにん》の庄屋《しょうや》は、何度《なんど》も藩《はん》の役所《やくしょ》に出向《でむ》いては、計画《けいかく》が確《たし》かであることを熱心《ねっしん》に説《と》き続《つづ》けました。

「もし計画《けいかく》どおりに行《い》かなかったら、ほかの村々《むらむら》に大変《たいへん》な損害《そんがい》を与《あた》えることになる。そうなったらお前《まえ》たちはどうするつもりか。」

という役人《やくにん》の質問《しつもん》に対《たい》しては、五人《ごにん》は口《くち》をそろえて、

「万一損害《まんいちそんがい》をかけた場合《ばあい》は、私《わたし》ども五人《ごにん》が全責任《ぜんせきにん》を取《と》ります。どんな重《おも》い

刑罰《けいばつ》を受《う》けても結構《けっこう》です。」

ときっぱりと答《こた》えるのでした。武士《ぶし》も及《およ》ばぬ五人《ごにん》の覚悟《かくご》に、藩《はん》の役人《やくにん》も心《こころ》動《うご》かされ、とうとうその願《ねが》い出《で》を許可《きょか》しました。

いよいよ工事《こうじ》が始《はじ》まることになりました。工事《こうじ》が無事成功《ぶじせいこう》することを祈《いの》って三日三晩《みっかみばん》にわたって祈願祭《きがんさい》が執《と》り行《おこな》われました。五人《ごにん》の庄屋《しょうや》の妻《つま》たちも、髪《かみ》を切《き》って神社《じんじゃ》に捧《ささ》げ、工事《こうじ》の成功《せいこう》を祈《いの》りました。

藩《はん》の事業《じぎょう》としての命令《めいれい》が下《お》りたので、水《みず》の恩恵《おんけい》に預《あず》からない村々《むらむら》からも、たくさんの石材《せきざい》や木材《もくざい》などはもちろん、人手《ひとで》までも出《だ》されて、干《かん》ばつの村々《むらむら》のために皆《みな》が協力《きょうりょく》することになりました。

五人《ごにん》の庄屋《しょうや》は村人《むらびと》を指図《さしず》しながら、たくさんの人夫《にんぷ》のまかない（食事《しょくじ》の用意《ようい》）や、工事《こうじ》に必要《ひつよう》な道具《どうぐ》や、支払《しはら》うお金《かね》のことまでいろいろと力《ちから》を尽《つ》くしました。

工事《こうじ》の監督《かんとく》に来《き》た藩《はん》の役人《やくにん》は、

「もし失敗《しっぱい》したら、気《き》の毒《どく》だが、五人《ごにん》を重《おも》く罰《ばっ》するぞ。」

と改《あらた》めて五人《ごにん》の庄屋《しょうや》に念《ねん》を押《お》しました。そのことを知《し》った村人《むらびと》は、口々《くちぐち》に
「庄屋《しょうや》どんを罪《つみ》に落《お》としては申《もう》し訳《わけ》ない。」

と奮《ふる》い立《た》ち、これを合言葉《あいことば》に厳《きび》しい冬《ふゆ》の寒《さむ》さをものともせず、一生懸命《いっしょうけんめい》に働《はたら》き続《つづ》けました。

ときには畳一枚以上《たたみいちまいいじょう》もある大石《おおいし》を、百人《ひゃくにん》がかりで二日《ふつか》もかけて山《やま》から運《はこ》び出《だ》さなくてはならないこともありました。そのような大石《おおいし》を中心《ちゅうしん》に、大《だい》小《しょう》、何万個《なんまんこ》、何十万個《なんじゅうまんこ》という石《いし》を川底《かわぞこ》に敷《し》きつめ、積《つ》み上《あ》げていくのです。今《いま》のような機械《きかい》がまったくない時代《じだい》に、それはどんなに大変《たいへん》なことだったでしょう。老人《ろうじん》や女《おんな》や子《こ》どもまで出《で》て、それぞれ出来《でき》る仕事《しごと》を手伝《てつだ》いました。

庄屋《しょうや》の妻《つま》たちをはじめ女《おんな》たちは、働《はたら》く男《おとこ》たちのために温《あたた》かい食《た》べ物《もの》を作《つく》って励《はげ》ましました。

こうして多《おお》くの人々《ひとびと》の懸命《けんめい》の努力《どりょく》によって、工事《こうじ》は予想以上《よそういじょう》にはかどり、その翌年寛文四年《よくねんかんぶんよねん》（一六六四《せんろっぴゃくろくじゅうよん》）、桜《さくら》の花《はな》びらが舞《ま》うころ、ついに大《おお》きな堰《せき》が出来上《できあ》がりました。皆《みな》が心配《しんぱい》していた、この年《とし》の田植《たう》えの時期《じき》にきっちりと間《ま》に合《あ》ったのです。

水《みず》を通《とお》してみると、計画《けいかく》どおり、筑後川《ちくごがわ》の水《みず》がとうとうと掘割《ほりわり》の水路《すいろ》に流《なが》れ込《こ》みました。その時《とき》の人々《ひとびと》の喜《よろこ》びはたとえようもありません。互《たが》いに手《て》を取《と》り、肩《かた》を抱《だ》き合《あ》い、涙《なみだ》を流《なが》して工事《こうじ》の完成《かんせい》を喜《よろこ》びました。

工事《こうじ》を始《はじ》めてから完成《かんせい》まで六十日《ろくじゅうにち》あまり、延《の》べ四万人《よんまんにん》もの人々《ひとびと》が、この工事《こうじ》のために力《ちから》を尽《つ》くしました。これだけの短期間《たんきかん》に、これほどの多《おお》くの人々《ひとびと》が示《しめ》した団結力《だんけつりょく》と集中力《しゅうちゅうりょく》、それを可能《かのう》にしたのは命《いのち》をかけて村人《むらびと》の生活《せいかつ》を守《まも》ろうとした五《ご》人《にん》の庄屋《しょうや》の熱《あつ》い熱《あつ》い思《おも》いでした。

その村《むら》のあった現在《げんざい》の吉井町《よしいまち》（大石堰《おおいしぜき》のある浮羽町《うきはまち》の隣《となり》の町《まち》）には、五人《ごにん》の庄《しょう》屋《や》を祀《まつ》る「長野水神社《ながのすいじんじゃ》」というお社《やしろ》があり、毎年《まいとし》桜《さくら》の咲《さ》くころには大《おお》きなお祭《まつ》りが行《おこな》われます。人々《ひとびと》は、今《いま》の生活《せいかつ》が五人《ごにん》の庄屋《しょうや》の功績《こうせき》に支《ささ》えられていることに感《かん》謝《しゃ》しているのです。

競馬

昔《むかし》、ある神社《じんじゃ》のお祭《まつ》りで「競馬《くらべうま》」という行事《ぎょうじ》がありました。この競馬《くらべうま》は、一年《いちねん》に一度《いちど》、五《いつ》つの村《むら》からそれぞれ、子供《こども》の騎手一人《きしゅひとり》と、馬一頭《うまいっとう》を出《だ》して、競争《きょうそう》させる行事《ぎょうじ》です。そして、この競馬《くらべうま》で優勝《ゆうしょう》した村《むら》が、次《つぎ》の年《とし》のお祭《まつ》りの日《ひ》まで、五《いつ》つの村《むら》の頭《かしら》（取《と》りまとめ役《やく》）になるという定《さだ》め（約束事《やくそくごと》）になっていました。

ある年《とし》、それぞれの村《むら》から選《えら》ばれた五人《ごにん》の子供《こども》の中《なか》に、ずば抜《ぬ》けて上手《じょうず》な騎手《きしゅ》が二人《ふたり》いました。一人《ひとり》は熊吉《くまきち》、一人《ひとり》は愛作《あいさく》といって、年《とし》は同《おな》じく十《じゅう》五歳《ごさい》でした。

「今年《ことし》の競馬《くらべうま》は、さぞかし面白《おもしろ》かろう。」

と、祭《まつ》りの当日《とうじつ》には、おびただしい見物人《けんぶつにん》が、朝早《あさはや》くから神社《じんじゃ》の境内《けいだい》（敷地《しきち》）へ詰《つ》め掛《か》けて、ごった返《がえ》していました。

やがて五人《ごにん》の騎手《きしゅ》が多《おお》くの人々《ひとびと》に付《つ》き添《そ》われ、静々《しずしず》と馬《うま》を歩《あゆ》ませて、神社《じんじゃ》の鳥居《とりい》の下《した》に集《あつ》まって来《き》ました。まず競馬《くらべうま》を行《おこな》う前《まえ》に、競争者全員《きょうそうしゃぜんいん》が神社《じんじゃ》の拝殿《はいでん》で、敵味方《てきみかた》の違《ちが》いを越《こ》えて、神社《じんじゃ》の氏神《うじがみ》さまにお祈《いの》りをするのです。皆《みな》、深々《ふかぶか》と頭《あたま》を垂《た》れると、神社《じんじゃ》の神主《かんぬし》さんが、神前《しんぜん》で祝詞《のりと》を読《よ》み上《あ》げて、競《くら》馬《うま》が無事《ぶじ》に行《おこな》われることを祈願《きがん》しました。

それがすむと、「支度《したく》（準備《じゅんび》）！」という合図《あいず》の一番太鼓《いちばんたいこ》が、打《う》ち鳴《な》らされました。五人《ごにん》の騎手《きしゅ》は、それぞれ自分《じぶん》たちの勝利《しょうり》を念《ねん》じて、第二《だいに》の合図《あいず》を待《ま》ち構《かま》えています。五《いつ》つの村《むら》の人々《ひとびと》はそれぞれ、自分《じぶん》たちの村《むら》の騎手《きしゅ》に向《む》かって、

「勝《か》てば村《むら》の名誉《めいよ》だ。」

「しっかりやれよ。」

などと、励《はげ》ましています。

二番太鼓《にばんだいこ》の「並《なら》べ！」という合図《あいず》に、五人《ごにん》の騎手《きしゅ》は打《う》ち連《つ》れて、神社《じんじゃ》の拝《はい》

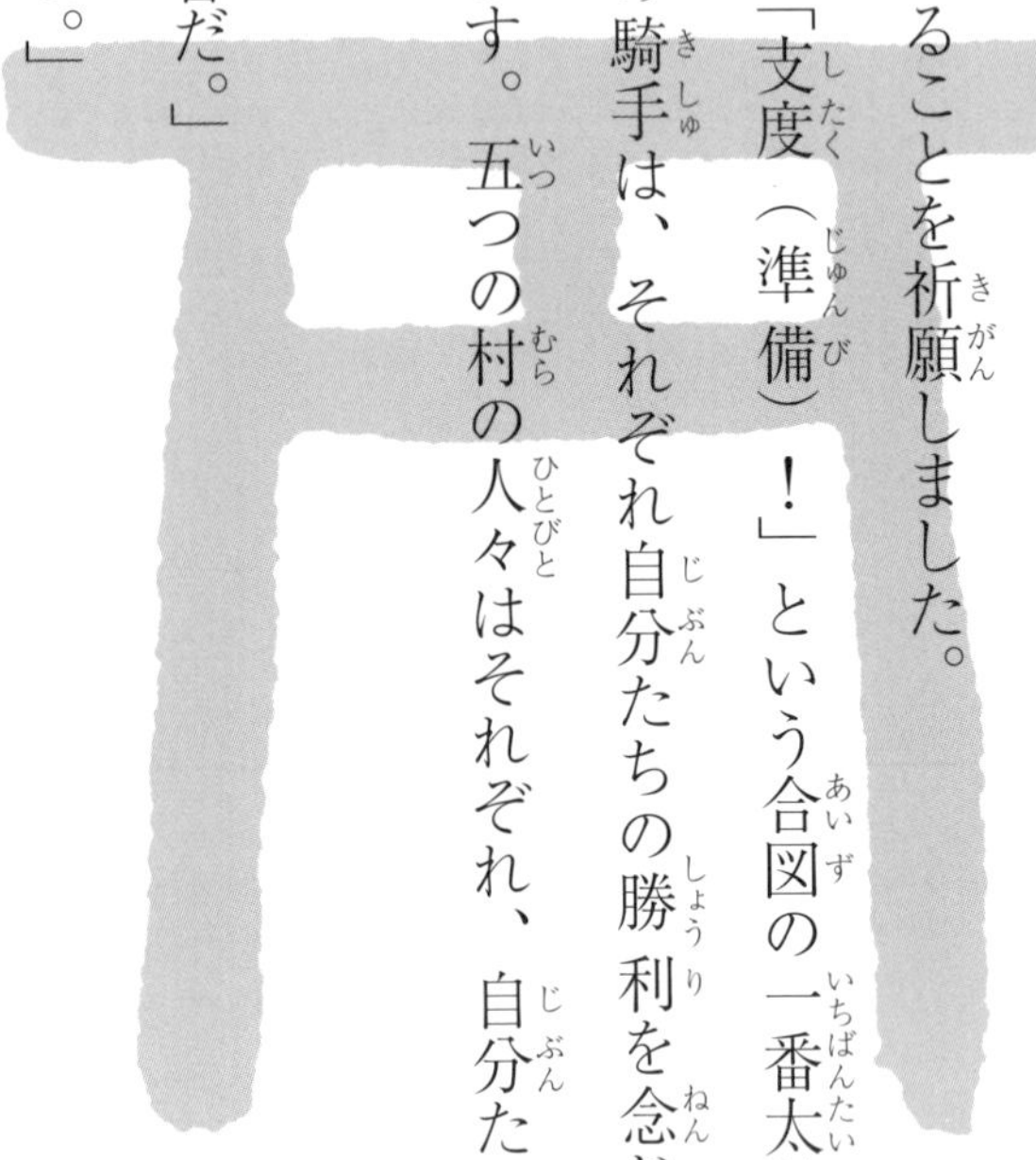

殿《でん》の後《うし》ろの大《おお》きな立石《たていし》の前《まえ》に並《なら》んで、馬《うま》の頭《あたま》をそろえ、三番太鼓《さんばんだいこ》を今《いま》や遅《おそ》しと待《ま》ち構《かま》えています。まさに緊張《きんちょう》の一瞬《いっしゅん》です。

三番太鼓《さんばんだいこ》が鳴《な》るやいなや、五頭《ごとう》の馬《うま》はいっせいに走《はし》り出《だ》しました。神社《じんじゃ》の森《もり》を離《はな》れるまでは、五頭《ごとう》の馬《うま》はほとんど頭《あたま》をそろえ、あまり差《さ》はありません。しかし、競馬《くらべうま》の中《なか》ほどから一騎《いっき》おくれ、二騎《にき》おくれ、続《つづ》いて三騎《さんき》までもおくれて、予想《よそう》どおり熊吉《くまきち》と愛作《あいさく》の二人《ふたり》だけの競走《きょうそう》になりました。

二人《ふたり》の騎手《きしゅ》はどこまで行《い》っても差《さ》がつかないまま進《すす》んでいきます。

「ガンバレ!ガンバレ!もう一息《ひといき》だ。」

「これからが勝負《しょうぶ》だぞ。」

などと、それぞれの村《むら》の人々《ひとびと》の声援《せいえん》は、ますます熱狂的《ねっきょうてき》になっていきます。

ほかの村《むら》の人々《ひとびと》も、手《て》に汗《あせ》を握《にぎ》り息《いき》を呑《の》む思《おも》いで、その接戦《せっせん》の場面《ばめん》を見守《みまも》っています。

と、その時《とき》です。二人《ふたり》の騎手《きしゅ》が、池《いけ》の右手《みぎて》へ差《さ》しかかった瞬間《しゅんかん》、熊吉《くまきち》の馬《うま》が突然《とつぜん》、どさっと前《まえ》かがみに倒《たお》れ込《こ》んでしまいました。前足《まえあし》が何《なに》かにつまずいたのです。あっという間《ま》に、熊吉《くまきち》は馬《うま》から滑《すべ》り落《お》ちて、その弾《はず》みで池《いけ》の中《なか》へ転《ころ》がり込《こ》んでしまいました。

対戦相手《たいせんあいて》の愛作《あいさく》は、このまま走《はし》り抜《ぬ》ければ悠々《ゆうゆう》、優勝《ゆうしょう》です。しかし、愛《あい》作《さく》は、なんのためらいもなく、ひらりと自分《じぶん》の馬《うま》から飛《と》び降《お》りると、すぐさま池《いけ》の岸《きし》に駆《か》け寄《よ》って、熊吉《くまきち》のえりを引《ひ》っつかみ、ぐいっと岸《きし》へ引《ひ》き寄《よ》せました。

「大丈夫《だいじょうぶ》か。しっかりしろ。」

騎手《きしゅ》の付添人《つきそいびと》も見物人《けんぶつにん》も、肝《きも》を冷《ひ》やして駆《か》け寄《よ》り、熊吉《くまきち》に水《みず》を吐《は》かせるやら、医者《いしゃ》を呼《よ》びに走《はし》るやら、傷《きず》ついた馬《うま》の手当《てあ》をするやらで、上《うえ》を下《した》への大《おお》騒《さわ》ぎです。

愛作《あいさく》の村《むら》の人々《ひとびと》は、愛作《あいさく》の肩《かた》をたたいては、彼《かれ》の潔《いさぎよ》い行為《こうい》を、ほめたたえました。そして、相手《あいて》の熊吉《くまきち》を気《き》の毒《どく》がって、

「今日《きょう》は勝負《しょうぶ》なしだ。また改《あらた》めてやり直《なお》しをしましょう。」

と言《い》いました。

すると、熊吉《くまきち》の村《むら》の人々《ひとびと》は、

「いやいや、優勝《ゆうしょう》は、あなた方《がた》のものです。愛作《あいさく》さんが助《たす》けてくれたので、熊吉《くまきち》の命《いのち》が助《たす》かりました。どうか今日《きょう》から一年《いちねん》の間《あいだ》、あなた方《がた》の村《むら》が五《いつ》つの村《むら》の頭《かしら》になって下《くだ》さい。」

と愛作《あいさく》の村《むら》の優勝《ゆうしょう》を祝《いわ》いました。

◆

この話《はなし》はたちまち方々《ほうぼう》に伝《つた》わり、愛作《あいさく》の友情《ゆうじょう》は、五《いつ》つの村《むら》はおろか、周《しゅう》

辺《へん》の村々《むらむら》の人々《ひとびと》もほめたたえない者《もの》はいませんでした。そして、それにも増《ま》して良《よ》かったことは、愛作《あいさく》の村《むら》と熊吉《くまきち》の村《むら》が、いっそう仲《なか》の良《よ》い村《むら》になり、五《いっ》つの村《むら》の結束《けっそく》が、これまで以上《いじょう》に強《つよ》いものになったことです。

応挙と猪

江《え》戸時代《どじだい》の享保十八年《きょうほうじゅうはちねん》（一七三三《せんななひゃくさんじゅうさん》）、丹波《たんば》の国《くに》（現在《げんざい》の京都府亀岡《きょうとふかめおか》市《し》）に生《う》まれた円山応挙《まるやまおうきょ》という人《ひと》は、小《ちい》さいころから絵《え》を描《か》くことが大好《だいす》きでした。家《いえ》で農作業《のうさぎょう》の手伝《てつだ》いをしていても、地面《じめん》に絵《え》を描《か》いてばかりで、いっこうに仕事《しごと》になりませんでした。

困《こま》りはてた両親《りょうしん》はとうとう村《むら》にあった金剛寺《こんごうじ》の和尚《おしょう》さんに頼《たの》んで、お寺《てら》に預《あず》かってもらいました。しかし、ここでも絵《え》を描《か》くことを止《や》めません。そこで心配《しんぱい》した両親《りょうしん》は、京都《きょうと》の町《まち》に丁稚奉公《でっちぼうこう》に出《だ》すことにしました。応挙《おうきょ》は京都《きょうと》の呉服屋《ごふくや》に勤《つと》めましたが、そこも長続《ながつづ》きせず、最後《さいご》に行《い》き着《つ》いたところは、「尾張屋《おわりや》」というおもちゃ屋《や》でした。そこには、彼《かれ》も興味《きょうみ》が持《も》てる、人形《にんぎょう》に色《いろ》を付《つ》ける仕事《しごと》があったのです。それが切《き》っ掛《か》けになって、応挙《おうきょ》は絵《え》を描《か》く仕事《しごと》をもらうようになり、やがて本格的《ほんかくてき》に絵《え》かきの修行《しゅぎょう》を始《はじ》めました。

その時代《じだい》、絵《え》かきの修行《しゅぎょう》といえば、先生《せんせい》の描《か》いた絵《え》を手本《てほん》にして、色《いろ》の出《だ》し方《かた》や筆《ふで》の使《つか》い方《かた》などを習《なら》い覚《おぼ》えることが主眼《しゅがん》でした。しかし、応挙《おうきょ》はそういう修行《しゅぎょう》を飽《あ》き足《た》りなく思《おも》い、自分《じぶん》の目《め》で観察《かんさつ》したとおりに描《か》く「写生《しゃせい》」（当時《とうじ》は写生《しゃせい》のことを「生《い》き写《うつ》し」とか「生写《しょううつ》し」「生写《せいしゃ》」と言《い》っていました）を基本《きほん》にして絵《え》を描《か》き続《つづ》けました。草花《くさばな》や鳥《とり》、獣《けもの》などの動植物《どうしょくぶつ》を描《か》くに当《あ》たっては、それらの季節《きせつ》ごとに変化《へんか》する特徴《とくちょう》をつかむために、たくさんの写生《しゃせい》を描《か》きました。

あるとき、応挙《おうきょ》は京都《きょうと》の祇園《ぎおん》の社《やしろ》（八坂神社《やさかじんじゃ》）から鶏《にわとり》の絵《え》を頼《たの》まれました。彼《かれ》は来《く》る日《ひ》も来《く》る日《ひ》も、その祇園《ぎおん》の社《やしろ》に通《かよ》って、たくさんの鶏《にわとり》が遊《あそ》んでいる有様《ありさま》をじっと見続《みつづ》けていました。人々《ひとびと》はそんな様子《ようす》を見《み》て、おかしな奴《やつ》だと思《おも》っていたようですが、彼《かれ》は脇目《わきめ》もふらず、鶏《にわとり》の動《うご》きを観察《かんさつ》し続《つづ》けました。そして一年《いちねん》が経《た》って、衝立《ついたて》に鶏《にわとり》の絵《え》を描《か》き上《あ》げましたが、それはまるで生《い》きているかのようでした。

それで祇園《ぎおん》の社《やしろ》に納《おさ》められたその衝立《ついたて》の絵《え》を見《み》た人々《ひとびと》は皆《みな》、立派《りっぱ》だとほめるだけでしたが、ある日《ひ》、野菜《やさい》売《う》りのおじいさんが、しばらく見《み》たあとで

「鶏《にわとり》のそばに草《くさ》を描《か》いていないのが良《よ》い。」

と独《ひと》り言《ごと》を言《い》って去《さ》っていきました。それを伝《つた》え聞《き》いた応挙《おうきょ》は、不審《ふしん》に思《おも》って、さっそく、そのおじいさんの家《いえ》に行《い》き、そのわけを尋《たず》ねました。すると、そのおじいさんは、

「あの鶏《にわとり》の羽《はね》の色《いろ》は、冬《ふゆ》のものだから、そばに草《くさ》を描《か》いてないのが良《よ》いと思《おも》ったのだ。」

と答《こた》えました。絵《え》を引《ひ》き立《た》たせるため、色《いろ》どりのよい草木《くさき》を背景《はいけい》に描《か》き入《い》れるのが当時《とうじ》の画風《がふう》だったのですが、観察《かんさつ》したものしか描《か》かないという応挙《おうきょ》は

当然《とうぜん》のことながら、そこに生《は》えていない草《くさ》などを、いい加減《かげん》な気持《きも》ちで描《か》いたりはしなかったのです。そのことに野菜売《やさいう》りのおじいさんは気《き》づいたのでした。

またあるとき、応挙《おうきょ》は猪《いのしし》を描《か》こうとしました。けれども、まだ猪《いのしし》を見《み》たことがないので、ときどき京都《きょうと》の町《まち》にやって来《く》る柴売《しばう》りの女《おんな》に、猪《いのしし》を見《み》つけたら知《し》らせてくれるように頼《たの》んでおきました。ある日《ひ》、その柴売《しばう》りの女《おんな》が、

「猪《いのしし》を見《み》つけました。」

と知《し》らせに来《き》ました。応挙《おうきょ》は飛《と》び立《た》つ思《おも》いで駆《か》けつけますと、竹《たけ》やぶの中《なか》に一頭《いっとう》の大《おお》きな猪《いのしし》が寝《ね》ていました。応挙《おうきょ》はじっと猪《いのしし》を見《み》て、手早《てばや》くそれを写生《しゃせい》して帰《かえ》り、あとで手《て》を加《くわ》えて立派《りっぱ》な絵《え》に仕上《しあ》げました。

そののち、ある日《ひ》のこと、彼《かれ》は、京都《きょうと》の山奥《やまおく》の鞍馬《くらま》からやって来《き》た炭焼《すみや》

きのおじいさんに、その絵《え》を見《み》せました。そのおじいさんは、しばらく眺《なが》めていましたが、

「これは病気《びょうき》にかかった猪《いのしし》ではないか。丈夫《じょうぶ》な猪《いのしし》は眠《ねむ》っていても、背中《せなか》に毛《け》が逆立《さかだ》ち、足《あし》にも力《ちから》が入《はい》っていて、人《ひと》を寄《よ》せつけない勢《いきお》いがあるものだ。」

と言《い》いました。応挙《おうきょ》は、

「自分《じぶん》の筆《ふで》に力《ちから》がなかったのか。」

とガッカリしました。

それから、しばらくして、柴売《しばう》りの女《おんな》がやって来《き》て、

「あの猪《いのしし》は間《ま》もなくあそこで死《し》んでしまいました。」

と知《し》らせてくれました。

「やはり、そうだったのか。自分《じぶん》の筆力《ひつりょく》が足《た》りなかったのではない。あの猪《いのしし》ははじめから病気《びょうき》にかかっていたのだ。だから体全体《からだぜんたい》に勢《いきお》いがなかった

のだ。」

と、応挙《おうきょ》は自分《じぶん》の観察《かんさつ》に誤《あやま》りがなかったことを知《し》り、ホッとしました。そして、すぐに気持《きも》ちを切《き》り替《か》えて、生《い》きた猪《いのしし》を描《か》こうと思《おも》い立《た》ちました。

ある日《ひ》、元気《げんき》な猪《いのしし》の寝《ね》ているところを見《み》つけて、絵《え》を描《か》き直《なお》し、再《ふたた》び炭《すみ》焼《や》きのおじいさんに見《み》てもらうと、

「これです、これです。この通《とお》りです。」

と手《て》を打《う》って感心《かんしん》しました。

円山応挙《まるやまおうきょ》（一七三三《せんななひゃくさんじゅうさん》～九五《きゅうじゅうご》）は、少年期《しょうねんき》に狩野派《かのうは》の門《もん》に入《はい》り、和漢《わかん》の古法《こほう》（日本《にほん》や中国《ちゅうごく》の昔《むかし》からの絵《え》の描《か》き方《かた》）を学《まな》び、さらにオランダの洋画《ようが》を通《つう》じて、遠近法《えんきんほう》（絵《え》に奥行《おくゆ》きを表現《ひょうげん》する方法《ほうほう》）や陰影法《いんえいほう》（絵《え》に光《ひかり》と影《かげ》の明暗《めいあん》をつけて立体感《りったいかん》を表《あらわ》す方法《ほうほう》）を習得《しゅうとく》するなど、明治《めいじ》の開国《かいこく》に先駆《さきが》けて、西洋《せいよう》の画法《がほう》をいち早《はや》く取《と》り入《い》れ、日本《にほん》の伝統的《でんとうてき》な画法《がほう》に基《もと》づく、新《あたら》しい独特《どくとく》の境地《きょうち》を切《き》り開《ひら》きました。

ハンタカ

遠《とお》い昔《むかし》、インドのお釈迦《しゃか》さまにハンタカという弟子《でし》がいました。

ハンタカは、もの覚《おぼ》えが悪《わる》く、その上《うえ》、ものが良《よ》く言《い》えませんでした。

お釈迦《しゃか》さまは、どうにかしてハンタカを一人前《いちにんまえ》の人間《にんげん》にしてやりたいとお思《おも》いになりました。

そこで、毎日《まいにち》、賢《かしこ》い弟子《でし》を一人《ひとり》ずつ、ハンタカの所《ところ》へ遣《や》って、色々《いろいろ》とものを教《おし》えることにしました。

一年《いちねん》、経《た》ちました。けれども、何《なに》も覚《おぼ》えません。

二年《にねん》、過《す》ぎました。ほんの少《すこ》ししか覚《おぼ》えません。

三年《さんねん》になりました。やはり、賢《かしこ》くなりません。

お釈迦《しゃか》さまは、

「では、私《わたし》が話《はなし》をしてみよう。」

とおっしゃって、ハンタカをお呼《よ》びになりました。

「ハンタカ、おまえはたくさんのことを覚《おぼ》えなくてもいいんだよ。ただ一言《ひとこと》をしっかりと覚《おぼ》えなさい。」

ハンタカは、目《め》を輝《かがや》かせて、お釈迦《しゃか》さまのお顔《かお》をみつめました。

「その一言《ひとこと》というのは、『汚《きたな》い言葉《ことば》を使《つか》わない』ということだよ。わかったかい。」

ハンタカは、この一言《ひとこと》を心《こころ》の中《なか》に仕舞《しま》い込《こ》みました。

そのうちに、汚《きたな》い言葉《ことば》は、汚《きたな》い心《こころ》から生《う》まれてくるものだということがわかりました。きれいな言葉《ことば》はきれいな心《こころ》から生《う》まれてくることもわかりました。そして、「お釈迦《しゃか》さまが『汚《きたな》い言葉《ことば》を使《つか》ってはいけない』と

教《おし》えて下《くだ》さったことは、きれいな心《こころ》になれということだ。」

とハンタカは悟《さと》ったのです。最初《さいしょ》は愚《おろ》か者《もの》だと皆《みな》からバカにされていたハンタカでしたが、生《う》まれつきの素直《すなお》な生《い》き方《かた》を貫《つらぬ》いたために、普通《ふつう》の人《ひと》ではなかなか到達《とうたつ》できない高《たか》い精神《せいしん》の境地《きょうち》に進《すす》むことができたのです。

私《わたし》たちはふだんの生活《せいかつ》の中《なか》で、不用意《ふようい》に思《おも》いやりのない「汚《きたな》い言葉《ことば》」を使《つか》ってしまったことで、人《ひと》の心《こころ》はもちろん、自分《じぶん》の心《こころ》も傷《きず》つけてしまったことはないでしょうか。また逆《ぎゃく》に、「きれいな言葉《ことば》」を使《つか》うことによって、すがすがしい気持《きも》ちになったという体験《たいけん》はないでしょうか。

言葉《ことば》は、その人《ひと》の使《つか》い方《かた》によって、その人《ひと》の心《こころ》をきれいにもするし、汚《きたな》くもします。私《わたし》たちも、ハンタカが志《こころざ》したように、人《ひと》に勇気《ゆうき》と希望《きぼう》を与《あた》えるような、思《おも》いやりに満《み》ちた「きれいな言葉《ことば》」を使《つか》って、きれいな心《こころ》の持《も》ち主《ぬし》になりたいものですね。

焼けなかった町

大《たい》正十二年《しょうじゅうにねん》（一九二三《せんきゅうひゃくにじゅうさん》）九月一日《くがつついたち》、夏《なつ》の終《お》わりの蒸《む》し暑《あつ》い日《ひ》、東京《とうきょう》は、ときどきにわか雨《あめ》が降《ふ》ったり、急《きゅう》に強《つよ》い日《ひ》が射《さ》したりと、何《なに》か不気味《ぶきみ》な天気《てんき》でした。

間《ま》もなく、お昼《ひる》になろうという時《とき》です。突然《とつぜん》、恐《おそ》ろしい地鳴《じな》りがしたかと思《おも》うと、家《いえ》も塀《へい》も、一度《いちど》に激《はげ》しく揺《ゆ》れました。屋根瓦《やねがわら》はガラガラと音《おと》をたてて飛《と》び散《ち》り、たくさんの家《いえ》が倒《たお》れました。ちょうど、昼食《ちゅうしょく》の支度時《したくどき》でしたから、家庭《かてい》でも料理店《りょうりてん》でも火《ひ》を使《つか》っていました。それが、火種《ひだね》となり、あちこちに火事《かじ》が起《お》こり、みるみるうちに一面《いちめん》、火《ひ》の海《うみ》となりました。

この地震《じしん》、「関東大震災《かんとうだいしんさい》」によって、火事《かじ》が二日二晩続《ふつかふたばんつづ》き、東京《とうきょう》の市中《しちゅう》の半分《はんぶん》が焼《や》けてしまいました。最《もっと》もにぎやかな市街地《しがいち》は、見《み》わたすかぎりの焼《や》け野原《のはら》です。ところが、その焼《や》け野原《のはら》の真《ま》ん中《なか》に、火《ひ》の手《て》から逃《のが》れて、くっきりと焼《や》け残《のこ》った一郭《いっかく》がありました。

和泉町・佐久間町付近拡大図

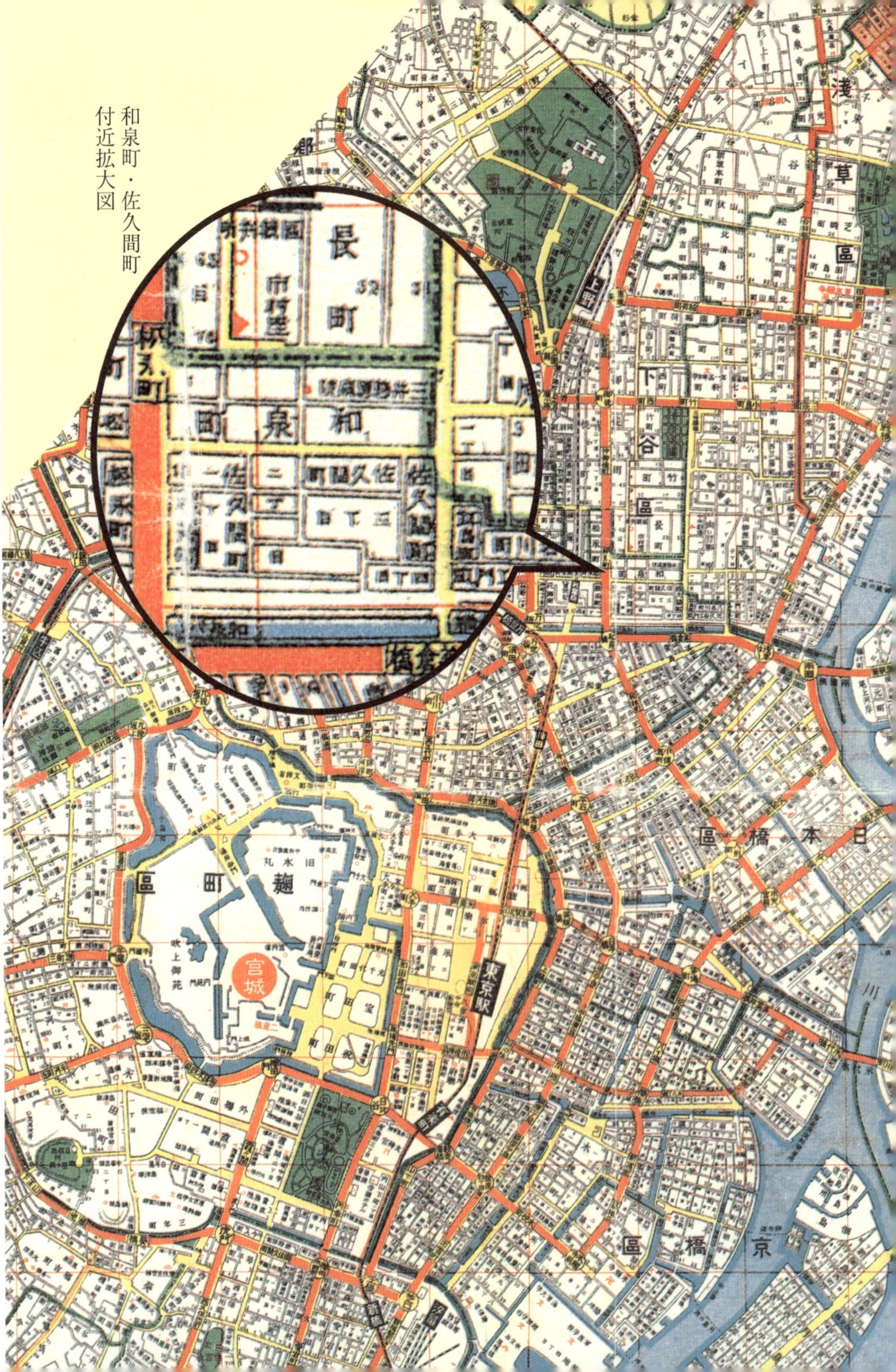

神田佐久間町《かんださくまちょう》・和泉町《いずみちょう》とその周辺《しゅうへん》の町一千六百戸《まちいっせんろっぴゃくこ》です。当時《とうじ》の焼失地《しょうしっち》域《いき》を示《しめ》した地図《ちず》を見《み》ると、そこだけが四角《しかく》い形《かたち》に焼け残《のこ》ったことがわかります。これは、四方《しほう》から迫《せま》って来《く》る火《ひ》を町《まち》の人々《ひとびと》が力《ちから》を合《あ》わせて防《ふせ》いだ跡《あと》なのです。

地《じ》震《しん》の約四時間後《やくよじかんご》、南《みなみ》の方《ほう》から燃《も》えて来《き》た火《ひ》は、盛《さか》んに火《ひ》の粉《こ》を佐久間《さくま》町《ちょう》に降《ふ》らせました。この時《とき》、佐久間町《さくまちょう》の代表者《だいひょうしゃ》で貴族院《きぞくいん》（戦後《せんご》は参議院《さんぎいん》に改《あらた》められました）議員《ぎいん》の昨間耕逸《さくまこういつ》さんが、

「皆出《みんなで》て来《こ》い。水《みず》を運《はこ》べ。」

と大《おお》きな声《こえ》で叫《さけ》びました。大人《おとな》も子供《こども》も、皆《みんな》バケツを持《も》って神田川河岸《かんだがわかし》の米《こめ》の荷揚《にあ》げ場《ば》へ行《い》きました。神田川《かんだがわ》から水《みず》を汲《く》み上《あ》げて、バケツリレーで水《みず》を運《はこ》ぶためです。炎《ほのお》にさらされている家《いえ》や学校《がっこう》の屋根《やね》に上《のぼ》り、バケツリレ

ーで運《はこ》んで来《き》た水《みず》をかけていきます。やってもやっても終《お》わらないバケツリレーです。皆必死《みんなひっし》に頑張《がんば》りました。

大変《たいへん》な熱《あつ》さの中《なか》での作業《さぎょう》なので、頭《あたま》から水《みず》をかぶり、皆裸《みんなはだか》に近《ちか》い格好《かっこう》になりました。すると、こんどは、

「いかん。いかん。何《なに》か着《き》て来《こ》い。」

と昨間《さくま》さんの烈《はげ》しくしかる声《こえ》が聞《き》こえました。上《うえ》から火《ひ》の粉《こ》がどんどん飛《と》んで来《く》るので裸《はだか》でいるとかえって危険《きけん》なのです。

バケツリレーのほかには、濡《ぬ》れ布団《ふとん》や濡《ぬ》れむしろでたたき消《け》す。豆腐《とうふ》を投《な》げつける。ほうきを濡《ぬ》らして掃《は》き消《け》す。戸《と》や窓《まど》を閉《し》めて、飛火《とびひ》を防《ふせ》ぐなど、ありとあらゆる方法《ほうほう》で火《ひ》を防《ふせ》ぎました。このように南《みなみ》の方《ほう》からの火《ひ》を防《ふせ》ぐことができたおかげで、神田川河岸《かんだがわかし》にある神田川倉庫《かんだがわそうこ》の米一万三千俵《こめいちまんさんぜんびょう》は、焼《や》けずに済《す》みました。この米《こめ》は、震災後《しんさいご》の東京《とうきょう》の復興《ふっこう》に大《おお》いに役立《やくだ》ったので

す。

南《みなみ》の方《ほう》からの火《ひ》をようやく防《ふせ》いだと思《おも》うと、夜《よる》には西《にし》の方《ほう》から、翌二日《よくふつか》の朝《あさ》には東《ひがし》の方《ほう》から火《ひ》の手《て》が襲《おそ》って来《き》ました。あとから、あとから迫《せま》って来《く》る火《ひ》に、人々《ひとびと》はひるむことなく、諦《あきら》めることなく、消《け》し続《つづ》けました。バケツ・鉢《はち》・鍋《なべ》・釜《かま》など、ありとあらゆる容器《ようき》を集《あつ》めて、こんどは井戸水《いどみず》を汲《く》み出《だ》して火《ひ》を消《け》しました。近《ちか》くの町《まち》から逃《に》げ込《こ》んできた人《ひと》たちも、いっしょになって火《ひ》を消《け》しました。

三《さん》方《ぼう》からの火《ひ》を防《ふせ》いだことに、胸《むね》をなで下《お》ろしたのもつかの間《ま》、二日《ふつか》の午《ご》後《ご》には、北《きた》の方《ほう》から猛火《もうか》が襲《おそ》いかかって来《き》ました。黒《くろ》い煙《けむり》がもくもくと天《てん》を覆《おお》い、この世《よ》の終《おわ》りが迫《せま》って来《き》たような感《かん》じさえしました。人々《ひとびと》は、一日《ついたち》からの連続《れんぞく》の消火活動《しょうかかつどう》で、もうくたくたです。しかし、この一方《いっぽう》さえ消《け》し止《と》

めれば、町《まち》は救《すく》われます。そう思《おも》うと、新《あたら》しい知恵《ちえ》も勇気《ゆうき》も湧《わ》いてきます。

その時《とき》、和泉町《いずみちょう》に住《す》む持田喜太郎《もちだきたろう》さんが、町内《ちょうない》にある帝国《ていこく》ポンプという会社《かいしゃ》からポンプを借《か》りて来《く》ることを思《おも》いつきました。二十馬力《にじゅうばりき》もあるポンプで、下水《げすい》の泥水《どろみず》を汲《く》み上《あ》げ、それで火《ひ》を消《け》すのです。ホースから泥水《どろみず》が勢《いきお》いよく噴《ふ》き出《だ》した時《とき》には、人々《ひとびと》は勇気百倍《ゆうきひゃくばい》、いっせいに歓声《かんせい》が上《あ》がりました。

やがて下水《げすい》の水《みず》が足《た》りなくなると、あちこちの井戸《いど》からポンプの所《ところ》に水《みず》を集《あつ》めて消火《しょうか》に当《あ》たりました。人々《ひとびと》は二列《にれつ》に並《なら》び、第一列目《だいいちれつめ》の人《ひと》たちは、井《い》戸《ど》の所《ところ》で水《みず》を汲《く》んだバケツや桶《おけ》を、手《て》から手《て》へと順々《じゅんじゅん》に渡《わた》してポンプの所《ところ》へ送《おく》ります。二列目《にれつめ》の人《ひと》たちは、再《ふたた》び新《あたら》しい水《みず》を汲《く》むために、空《から》になったバケツや桶《おけ》を、ポンプの所《ところ》から井戸《いど》の所《ところ》へ手早《てばや》く手渡《てわた》していきます。

そのうち、こういう列《れつ》の組《くみ》が七《なな》つもできて、数百人《すうひゃくにん》もの人々《ひとびと》が、最後《さいご》の力《ちから》を振《ふ》り絞《しぼ》って一生懸命《いっしょうけんめい》に水《みず》を運《はこ》びました。また、ほかの一隊《いったい》は手分《てわ》けをして、火《ひ》の移《うつ》りやすい店《みせ》の看板《かんばん》を取《と》り外《はず》したり、家々《いえいえ》の窓《まど》を閉《し》めて回《まわ》ったりして、火《ひ》が移《うつ》らないようにしました。年老《としお》いた人《ひと》も、幼《おさな》い子供《こども》も、男《おとこ》も女《おんな》も、動《うご》けるものは皆《みんな》、出《で》て働《はたら》きました。最後《さいご》の最後《さいご》まで力《ちから》を振《ふ》り絞《しぼ》って、もうこれ以上《いじょう》動《うご》けないというところまで頑張《がんば》り抜《ぬ》きました。そして、この町《まち》は、大丈夫《だいじょうぶ》だとわかったとき、人々《ひとびと》はかれた声《こえ》を振《ふ》り絞《しぼ》って、

「万歳《ばんざい》、万歳《ばんざい》。」

と叫《さけ》びました。それは九月二日《くがつふつか》の午後《ごご》十一時《じゅういちじ》ごろでした。人々《ひとびと》は延々《えんえん》三十六時間《さんじゅうろくじかん》にわたって消火《しょうか》活動《かつどう》に力《ちから》を尽《つ》くし、ついに自分《じぶん》たちの町《まち》を救《すく》ったのでした。

大正十二年《たいしょうじゅうにねん》（一九二三《せんきゅうひゃくにじゅうさん》）九月一日《くがつついたち》、関東地方南部《かんとうちほうなんぶ》を襲《おそ》った関東大震災《かんとうだいしんさい》は、死者《ししゃ》・行方不明者《ゆくえふめいしゃ》十四万二千八百人《じゅうよんまんにせんはっぴゃくにん》、全壊建物《ぜんかいたてもの》十二万八千棟《じゅうにまんはっせんとう》という未曾有《みぞう》の大災害《だいさいがい》でした。被害《ひがい》の総額《そうがく》は、当時《とうじ》の国家予算《こっかよさん》の実《じつ》に一年四カ月分《いちねんよんかげつぶん》に相当《そうとう》するといわれています。

この震災《しんさい》では、地震《じしん》で倒壊《とうかい》を免《まぬが》れた家屋《かおく》も、その後《ご》に発生《はっせい》した火災《かさい》によって次々《つぎつぎ》と焼失《しょうしつ》し、その被害《ひがい》はみるみる拡大《かくだい》しました。この話《はなし》の中《なか》にあるような、「焼《や》けなかった町《まち》」は本当《ほんとう》に稀《まれ》だったのです。

夕日に映えた柿の色

江《え》戸《ど》時《じ》代《だい》の寛永三年《かんえいさんねん》（一六二六《せんろっぴゃくにじゅうろく》）、有田郷《ありたごう》（今《いま》の佐賀県有田町《さがけんありたちょう》）でのお話《はなし》です。窯場《かまば》（陶器《とうき》を焼《や》く窯《かま》のある仕事場《しごとば》）から出《で》て来た喜三右衛門《きざえもん》は、縁側《えんがわ》の端《はし》に腰《こし》かけて、疲《つか》れた体《からだ》を休《やす》めていました。

日《ひ》はもう西《にし》に傾《かたむ》いています。ふと見上《みあ》げると、庭《にわ》の柿《かき》の木《き》には、鈴《すず》なりになった実《み》が、夕日《ゆうひ》を浴《あ》びてサンゴの珠《たま》のように輝《かがや》いています。喜三右衛門《きざえもん》は、あまりの美《うつく》しさにうっとりと見《み》とれていました。

「あの色《いろ》をなんとか白《しろ》い器《うつわ》に出《だ》してみたいものだ。」

そうつぶやくと、また窯場《かまば》へ戻《もど》っていきました。

そのころ、有田郷《ありたごう》の泉山《いずみやま》で取《と》れる原石《げんせき》から、すばらしい白磁《はくじ》の焼《や》き物《もの》（高温《こうおん》で焼《や》いてできた表面《ひょうめん》が白色《しろいろ》の焼《や》き物《もの》）が、作《つく》れるようになってはいましたが、その図柄《ずがら》は、藍色《あいいろ》の絵《え》づけだけにたよっていました。しかし、柿《かき》の実《み》の色《いろ》の美《うつく》しさに心《こころ》ひかれた喜三右衛門《きざえもん》は、赤《あか》い絵具《えのぐ》を使《つか》って白磁《はくじ》の器《うつわ》に柿《かき》の

色《いろ》を出《だ》すという、これまで誰《だれ》もやったことのない新《あたら》しい焼《や》き物《もの》づくりを思《おも》い立《た》ったのです。当時《とうじ》の焼《や》き物《もの》の技術《ぎじゅつ》では、あの柿《かき》の実《み》のような赤系統《あかけいとう》の色《いろ》を、白磁《はくじ》に焼《や》きつけることは到底《とうてい》できないと思《おも》われていました。

そこで、喜三右衛門《きざえもん》は、長崎《ながさき》で中国人《ちゅうごくじん》から赤絵具《あかえのぐ》の作《つく》り方《かた》を教《おそ》わったことのある、伊万里《いまり》の陶器商人《とうきしょうにん》、徳右衛門《とくえもん》と共同《きょうどう》してこの仕事《しごと》にかかることにしました。

「必《かなら》ず、やりとげるぞ。」

喜三右衛門《きざえもん》と徳右衛門《とくえもん》は心《こころ》に誓《ちか》いました。目《め》の覚《さ》めるような柿《かき》の色《いろ》を白《しろ》い器《うつわ》に焼《や》きつけたいという思《おも》いに、いても立《た》ってもいられなくなっていたのです。喜三右衛門《きざえもん》は、その日《ひ》から赤色《あかいろ》の焼《や》きつけに熱中《ねっちゅう》しました。しかし、いくら工夫《くふう》をこらしても、目指《めざ》す柿《かき》の色《いろ》の美《うつく》しさは出《で》てきません。作《つく》っては焼《や》き、焼《や》いては壊《こわ》すことを繰《く》り返《かえ》しているうちに、体《からだ》はやせ細《ほそ》り、見《み》るも痛《いた》ましい姿《すがた》になりました。そうしているうちに、苦労《くろう》を共《とも》にしてきた徳右衛《とくえ》門《もん》は、病気《びょうき》におかされ、仕事《しごと》の成功《せいこう》を見《み》ることなく息《いき》をひきとってしまったのです。

苦労《くろう》は、それればかりではありません。今《いま》までやっていた家業《かぎょう》がおろそかになる上《うえ》、研究《けんきゅう》のための費用《ひよう》が、どんどんとかさんでいきました。一年《いちねん》が過《す》ぎ、二年《にねん》が経《た》つうちにその日《ひ》の暮《く》らしにも困《こま》るようになってしまいました。弟子《でし》たちは、主人《しゅじん》を見限《みかぎ》って、一人《ひとり》逃《に》げ、二人《ふたり》逃《に》げ、今《いま》は手助《てだす》けをする人《ひと》さえいなくなりました。真冬《まふゆ》でも、単衣《ひとえ》の着物《きもの》で過《す》ごさなければならなくなったので、喜三右衛門《きざえもん》の妻《つま》は、残《のこ》っていた皿《さら》やどんぶり鉢《ばち》を売《う》り、金《かね》にかえました。窯《かま》をたくための薪《まき》を買《か》うこともできないので、小屋《こや》の板壁《いたかべ》を少《すこ》しずつはぎ取《と》ったり、母屋《おもや》の雨戸《あまど》までも燃《も》やしてしまうという有様《ありさま》でした。

喜三右衛門《きざえもん》は、それでも研究《けんきゅう》を止《や》めようとはしませんでした。人々《ひとびと》はこの様子《ようす》を見《み》て、嘲《あざけ》ったり、罵《ののし》ったりしました。しかし、喜三右衛門《きざえもん》の心《こころ》は少《すこ》しも変《か》わりません。頭《あたま》の中《なか》にあるのはただ一《ひと》つ、夕日《ゆうひ》を浴《あ》びた柿《かき》の色《いろ》だけだったのです。

こうして何年《なんねん》かが過《す》ぎたある日《ひ》の夕方《ゆうがた》、喜三右衛門《きざえもん》はあわただしく窯場《かまば》から走《はし》り出《で》てきました。

「薪《まき》はないか。薪《まき》はないか。」

気《き》が狂《くる》ったように叫《さけ》びながら、そこらじゅうを駆《か》け回《まわ》りました。そして、燃《も》えそうなものを手当《てあ》たりしだいにつかんでは、焚口《たきぐち》に投《な》げ込《こ》むのです。喜三右衛門《きざえもん》は、真《ま》っ赤《か》に血走《ちばし》った目《め》を見張《みは》って、しばらく火《ひ》の色《いろ》を見《み》つめていましたが、やがて、

「よし。」

と気合《きあい》を入《い》れて、炎《ほのお》を消《け》しました。

その夜《よ》、喜三右衛門《きざえもん》は、窯《かま》の前《まえ》を離《はな》れようとせず、ただ一心《いっしん》に夜《よ》が明《あ》けるのを待《ま》っていました。一番鶏《いちばんどり》の声《こえ》を聞《き》いてからは、もうじっとしてはいられません。胸《むね》を踊《おど》らせながら、窯《かま》の周《まわ》りをぐるぐる回《まわ》りました。近《ちか》づくことを許《ゆる》さないような喜三右衛門《きざえもん》の眼光《がんこう》に、妻《つま》や子《こ》は立《た》ちすくんでいました。

いよいよ、夜《よ》が明《あ》けました。朝日《あさひ》のさわやかな光《ひかり》が、木立《こだち》の間《あいだ》から窯場《かまば》に射《さ》し込《こ》んで来《き》ました。喜三右衛門《きざえもん》は、窯《かま》を開《あ》け、一《ひと》つ、また一《ひと》つと、皿《さら》を取《と》り出《だ》していきました。何枚目《なんまいめ》かの皿《さら》を手《て》にした時《とき》です。

「これだ。」

と大声《おおごえ》を上《あ》げました。

「できた。できた。できたぞ！」

ついに白磁《はくじ》にあの柿《かき》の色《いろ》を焼《や》きつけることに成功《せいこう》したのです。喜三右衛門《きざえもん》は、完成《かんせい》した赤絵《あかえ》の皿《さら》を押《お》しいただいて小踊《こおど》りしました。そして、窯場《かまば》から母屋《おもや》を走《はし》り抜《ぬ》け、仏壇《ぶつだん》の前《まえ》に駆《か》け上《あ》がると、亡《な》き友人《ゆうじん》徳右衛門《とくえもん》の↖

↙位牌《いはい》にその皿《さら》を捧《ささ》げて、伏《ふ》し拝《おが》みました。

「徳右衛門《とくえもん》さん、出来《でき》ましたぞ。

濁手《にごしで》桜花《さくらばな》文《もん》額皿《がくざら》　径39・0cm

濁手《にごしで》菊花《きくか》文《もん》花瓶《かびん》　径21・5cm　高さ23・5cm

2点《てん》とも当代《とうだい》酒井田《さかいだ》柿右衛門《かきえもん》氏《し》の作品《さくひん》。美《うつく》しい朱《しゅ》色《いろ》を出《だ》す技術《ぎじゅつ》は酒井田《さかいだ》家《け》に代々《だいだい》受《う》け継《つ》がれている。

ついに出来《でき》ましたぞ！」

喜三右衛門《きざえもん》の目《め》からは、とめどもなく涙《なみだ》が溢《あふ》れてきました。この色《いろ》を生《う》み出《だ》すのに費《つい》やした年月《ねんげつ》は、実《じつ》に十七年《じゅうななねん》を数《かぞ》えていたのです。

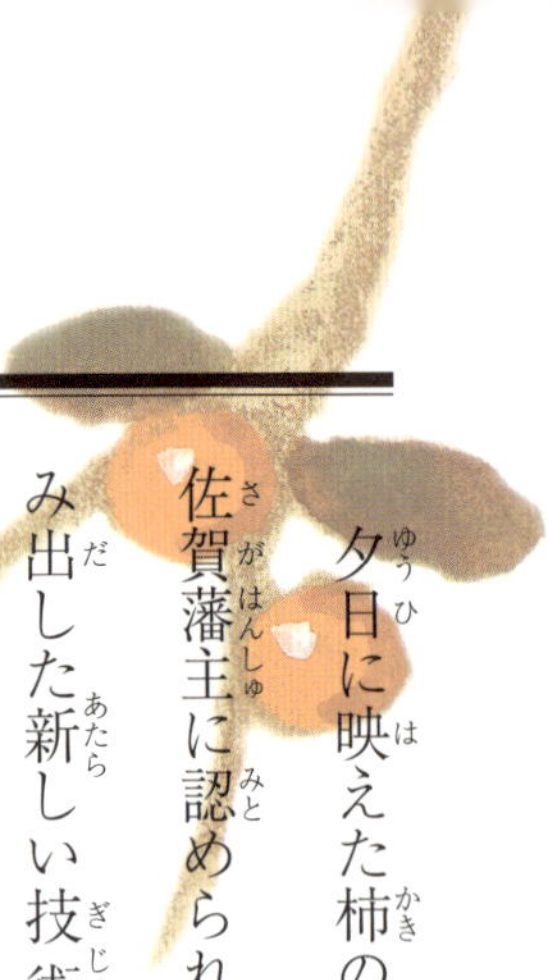

夕日《ゆうひ》に映《は》えた柿《かき》の色《いろ》を焼《や》きつけることに成功《せいこう》した喜三右衛門《きざえもん》は、まもなくときの佐賀藩主《さがはんしゅ》に認《みと》められ、その名《な》を「柿右衛門《かきえもん》」と改《あらた》めました。そして、彼《かれ》は自分《じぶん》の編《あ》み出《だ》した新《あたら》しい技術《ぎじゅつ》を自分《じぶん》の子供《こども》、子孫《しそん》に伝《つた》えていきました。

子孫《しそん》はさらに研究《けんきゅう》に研究《けんきゅう》を重《かさ》ねて、初代《しょだい》の技術《ぎじゅつ》を発展《はってん》させて、世《よ》にいう「柿《かき》右衛門様式《えもんようしき》」という技術《ぎじゅつ》を確立《かくりつ》させました。そして、名前《なまえ》も代々《だいだい》、初代《しょだい》と同《おな》じ「柿《かき》右衛門《えもん》」と名乗《なの》って、陶器《とうき》づくりの「心《こころ》」を受《う》け継《つ》いでいったのです。現在《げんざい》の「柿《かき》右衛門《えもん》」は第十四代目《だいじゅうよんだいめ》です。

人々《ひとびと》から「名陶工《めいとうこう》」とほめたたえられた柿右衛門《かきえもん》の名声《めいせい》はすでに江戸時代《えどじだい》から、国内《こくない》ばかりか、遠《とお》く諸外国《しょがいこく》にまで轟《とどろ》いています。「柿右衛門風《かきえもんふう》の陶器《とうき》」は、ヨーロッパの王侯貴族《おうこうきぞく》に愛《あい》され、今《いま》に至《いた》るまで数々《かずかず》の城《しろ》、館《やかた》の中《なか》に飾《かざ》られているのです。

通潤橋

九州《きゅうしゅう》の中央《ちゅうおう》にある雄大《ゆうだい》な阿蘇山《あそざん》。
その南方《なんぽう》の矢部町《やべちょう》にある「通潤橋《つうじゅんきょう》」は、
水《みず》を通《とお》す壮大《そうだい》な石造《いしづくり》の眼鏡橋《めがねばし》です。
江戸時代《えどじだい》の末《すえ》、工夫《くふう》に工夫《くふう》をこらして
造《つく》ったというこの橋《はし》は、
現代《げんだい》の技術《ぎじゅつ》をもってしても
なかなか出来《でき》ない立派《りっぱ》な橋《はし》です。
ときどき放水《ほうすい》される水《みず》の勢《いきお》いは、
観光客《かんこうきゃく》の目《め》を楽《たの》しませています。

通潤橋《つうじゅんきょう》のある、熊本県《くまもとけん》の上益城郡矢部町《かみましきぐんやべちょう》の白糸台地《しらいとだいち》は、周《まわ》りが三《みっ》つの川《かわ》で囲《かこ》まれています。しかし、どの川《かわ》も深《ふか》い谷底《たにぞこ》を流《なが》れていながら、川《かわ》から水《みず》が引《ひ》けませんでした。そのため白糸台地《しらいとだいち》では、川《かわ》に囲《かこ》まれていながら、田《た》んぼも作《つく》れず、畑《はたけ》の作物《さくもつ》もあまりできず、ところによっては飲《の》み水《みず》にさえ困《こま》るほどでした。

村人《むらびと》たちは、よその村々《むらむら》の田《た》が、豊《ゆた》かに実《みの》って金色《きんいろ》に波《なみ》うつのを見《み》るたびに、うらやましく思《おも》いました。

「よその村《むら》では、あんなによく稲《いね》が育《そだ》っているのに、わしらの村《むら》では田《た》んぼが作《つく》れない。なんとか水《みず》を引《ひ》く方法《ほうほう》はないものか。」

江戸時代《えどじだい》の末《すえ》、そうした村人《むらびと》の苦《くる》しみを救《すく》ってくれた人《ひと》が、現《あらわ》れました。矢部郷《やべごう》（現在《げんざい》の矢部町《やべちょう》）一帯《いったい》の惣庄屋《そうじょうや》（いくつかの村《むら》の庄屋《しょうや》の代表者《だいひょうしゃ》）だった布田市平次《ふたいちへいじ》とその子《こ》、布田保之助《ふたやすのすけ》の親子《おやこ》です。

布田市平次《ふたいちへいじ》は若《わか》いころから、

「矢部郷《やべごう》の百姓《ひゃくしょう》の苦《くる》しみをなんとか救《すく》いたい。」

と心《こころ》を痛《いた》めていました。矢部郷《やべごう》は、山間《やまあい》にあるため、他《た》の村々《むらむら》に比《くら》べると作物《さくもつ》が育《そだ》ちにくく、また、年貢米《ねんぐまい》を運《はこ》ぶにも長《なが》い山道《やまみち》を通《とお》らなくてはならないので、村人《むらびと》たちは大《おお》きな負担《ふたん》を背負《せお》っていました。それにもかかわらず、矢《や》部郷《べごう》は、平地《へいち》の村々《むらむら》で行《おこな》われる上益城郡《かみましきぐん》共同《きょうどう》の河川工事《かせんこうじ》や橋架《はしか》けなどにも、多《おお》くの人夫《にんぷ》を出《だ》さなければならないという不公平《ふこうへい》な扱《あつか》いをうけていたのです。

市平次《いちへいじ》は、上益城郡内《かみましきぐんない》の惣庄屋《そうじょうや》たちが集《あつ》まる郡代会議《ぐんだいかいぎ》で、勇気《ゆうき》を奮《ふる》い起《お》こして訴《うった》えました。

「これでは、年貢米運《ねんぐまいはこ》びと共同工事《きょうどうこうじ》に大《おお》きな労力《ろうりょく》を取《と》られてしまって、自《じ》分《ぶん》の村《むら》の道造《みちづく》りや河川工事《かせんこうじ》を行《おこな》うゆとりがありません。矢部《やべ》の百姓《ひゃくしょう》の生活《せいかつ》は苦《くる》しくなるばかりです。開発《かいはつ》が立《た》ち遅《おく》れている地域《ちいき》をそのままにして、進《すす》んだ地域《ちいき》の改良《かいりょう》ばかりに力《ちから》を入《い》れるのは納得《なっとく》できません。せめて矢部《やべ》の交《こう》通《つう》の便《べん》が良《よ》くなるまで、平地《へいち》で行《おこな》われる共同作業《きょうどうさぎょう》を免除《めんじょ》していただけないでしょうか。」

この市平次《いちへいじ》の熱意《ねつい》に心《こころ》打《う》たれた郡代《ぐんだい》（惣庄屋《そうじょうや》たちの取《と》りまとめ役《やく》）は、これまでの習《なら》わしを見直《みなお》し、矢部郷《やべごう》からの人夫《にんぷ》の免除《めんじょ》を認《みと》めました。

この決定《けってい》に市平次《いちへいじ》は踊《おど》り上《あ》がるように喜《よろこ》びました。そして、おりから降《ふ》ってきた雪《ゆき》の中《なか》、険《けわ》しい坂道《さかみち》も足取《あしど》り軽《かる》く、家路《いえじ》を急《いそ》ぐのでした。

ところが、その途中《とちゅう》、日《ひ》が暮《く》れて宿《やど》に泊《と》まった市平次《いちへいじ》のもとに、平地《へいち》の村《むら》の惣庄屋《そうじょうや》の一人《ひとり》が追《お》いかけて来《き》ました。

「今日《きょう》の会議《かいぎ》で、あなたの矢部《やべ》からは、平地《へいち》の共同作業《きょうどうさぎょう》には人夫《にんぷ》を出《だ》さないことに決《き》まりましたが、平地《へいち》の惣庄屋《そうじょうや》たちのほとんどは、今《いま》までの習《なら》わしを変《か》えることに不満《ふまん》を抱《いだ》いています。『今後《こんご》、布田家《ふたけ》（市平次《いちへいじ》の家《いえ》）に落《お》ち度《ど》があったら、仕返《しかえ》しをしてやる』などと物騒《ぶっそう》な話《はなし》も出《で》ています。お節介《せっかい》なことかもしれませんが、今一度《いまいちど》、思《おも》い直《なお》して、郡代《ぐんだい》への願《ねが》い出《で》を取《と》り下《さ》げてはいかがでしょうか。その方《ほう》がきっと、あなたの村《むら》のためにも、布田家《ふだけ》のためにもなるにちがいありません。」

思《おも》いもよらない言葉《ことば》に、市平次《いちへいじ》は驚《おどろ》きました。しかし、その時《とき》に彼《かれ》の心《こころ》に浮《う》かんできたのは、労役免除《ろうえきめんじょ》の知《し》らせに喜《よろこ》ぶ矢部郷《やべごう》の村人《むらびと》たちの笑顔《えがお》でした。

「せっかくのお志《こころざし》はありがたいのですが、布田家《ふたけ》のために、村人《むらびと》たちの幸《しあわ》せを犠牲《ぎせい》にするようなことは、私《わたし》には到底《とうてい》できません。」

きっぱりと断《ことわ》った市平次《いちへいじ》はその夜《よる》、まんじりともせず、矢部郷《やべごう》の将来《しょうらい》のことを考《かんが》え続《つづ》けました。

「矢部郷《やべごう》の労役《ろうえき》が免除《めんじょ》されても、平地《へいち》の惣庄屋《そうじょうや》たちの自分《じぶん》に対《たい》する不満《ふまん》は収《おさ》まるまい。自分《じぶん》がいる限《かぎ》り、あの人《ひと》たちは、また、いつどのような形《かたち》で、不都合《ふつごう》なことを矢部郷《やべごう》に持《も》ちかけてくるかわからない。彼《かれ》らの不満《ふまん》を断《た》ち切《き》り、矢部郷《やべごう》に害《がい》が及《およ》ばないようにするためには道《みち》は一《ひと》つしか残《のこ》されていない。それは今《いま》ここで自分《じぶん》の命《いのち》を断《た》つことだ。そうすれば、郡代《ぐんだい》の会議《かいぎ》で決《き》められた通《とお》りに事《こと》は運《はこ》ぶにちがいない。そうするほかに道《みち》はない。」

それは苦《くる》しい決断《けつだん》でした。遺《のこ》していく妻子《つまこ》の悲《かな》しみを思《おも》えば、それはあまりにも辛《つら》いことでした。でも市平次《いちへいじ》は、

「村人《むらびと》たちの幸福《こうふく》を守《まも》るためには、これしかない。自分《じぶん》は死《し》んでも魂《たましい》だけは矢部郷《やべごう》に留《とど》まって村人《むらびと》たちを見守《みまも》っていきたい。」

と、決心《けっしん》しました。そして、一夜《いちや》を明《あ》かしたその翌朝《よくあさ》、市平次《いちへいじ》は腹《はら》をかき切《き》って、自《みずか》らの命《いのち》を断《た》ったのでした。

市《いち》平次《へいじ》の遺族《いぞく》たちはただ呆然《ぼうぜん》とするだけでしたが、彼自《かれみずか》らの意志《いし》で死《し》んだことが、表立《おもてだ》って知《し》れわたると、いろいろ誤解《ごかい》が生《しょう》ずる恐《おそ》れもあるので、郡代役所《ぐんだいやくしょ》には、死亡日《しぼうび》を後《あと》にずらして、「病死《びょうし》」として届《とど》け出《で》ました。市平《いちへい》次《じ》が願《ねが》ったとおり、平地《へいち》の惣庄屋《そうじょうや》たちもさすがに、彼《かれ》の不幸《ふこう》を気《き》の毒《どく》がって、それ以上《いじょう》に事《こと》を荒立《あらだ》てることはなくなり、それ以来《いらい》、矢部郷《やべごう》の労役免《ろうえきめん》除《じょ》に文句《もんく》をつけなくなりました。

しかし、市平次《いちへいじ》は病気《びょうき》で死《し》んだということになっていたために、自分《じぶん》の命《いのち》を断《た》っても、村人《むらびと》たちを救《すく》いたいと願《ねが》った市平次《いちへいじ》の激《はげ》しい思《おも》いについては、語《かた》られることはありませんでした。父《ちち》の死《し》を十歳《じっさい》で迎《むか》えた息子《むすこ》の保之助《やすのすけ》も、父《ちち》の本当《ほんとう》の思《おも》いを知《し》ったのは、十五歳《じゅうごさい》になって元服《げんぷく》（昔《むかし》の成人《せいじん》）を迎《むか》えた時《とき》でした。

叔父《おじ》（父《ちち》の弟《おとうと》）に付《つ》き添《そ》われて、郡代役所《ぐんだいやくしょ》へ元服《げんぷく》のあいさつに行《い》った帰《かえ》り道《みち》のことです。途中《とちゅう》の峠《とうげ》で、叔父《おじ》は、深《ふか》い谷間《たにま》に囲《かこ》まれた貧《まず》しい矢部《やべ》の田《た》畑《はた》と、川《かわ》に囲《かこ》まれた青々《あおあお》とした平地《へいち》の田畑《たはた》の違《ちが》いを、甥《おい》の保之助《やすのすけ》に見《み》せ、川《かわ》の水《みず》の配分《はいぶん》の大切《たいせつ》さを熱心《ねっしん》に説《と》きました。そして、急《きゅう》に言葉《ことば》を改《あらた》め、父《ちち》の市平次《いちへいじ》が実《じつ》は自《みずか》らの命《いのち》を断《た》って死《し》んだことと、その真意《しんい》を初《はじ》めて語《かた》り明《あ》かしたのです。

この話《はなし》を聞《き》いた保之助《やすのすけ》は、大《おお》きな感動《かんどう》に襲《おそ》われました。溢《あふ》れてくる涙《なみだ》をふきながら、自分《じぶん》が惣庄屋《そうじょうや》になったら、必《かなら》ず父《ちち》の遺志《いし》を受《う》け継《つ》ぎ、矢部郷《やべごう》の開発事業《かいはつじぎょう》に生涯《しょうがい》を懸《か》けて取《と》り組《く》んでいくことを堅《かた》く心《こころ》に誓《ちか》ったのです。

保《やす》之助《のすけ》は三十四歳《さんじゅうよんさい》になって、かつて父《ちち》が務《つと》めた惣庄屋《そうじょうや》になりました。矢《や》部郷《べごう》の村々《むらむら》のために、次《つぎ》から次《つぎ》へと、道《みち》を開《ひら》き、橋《はし》を架《か》けて交通《こうつう》の便《べん》を良《よ》くし、堰《せき》を造《つく》って水《みず》を利用《りよう》しやすくしました。保之助《やすのすけ》の熱心《ねっしん》な働《はたら》きにより、田《た》畑《はた》が少《すこ》しずつ増《ふ》え、矢部郷《やべごう》は父《ちち》の願《ねが》いどおりに豊《ゆた》かになっていったのです。しかし、白糸村《しらいとむら》（現在《げんざい》の白糸台地《しらいとだいち》）へ水《みず》を引《ひ》くことが、なかなか実行《じっこう》に移《うつ》せない最後《さいご》の課題《かだい》として残《のこ》りました。

思案《しあん》の末《すえ》、保之助《やすのすけ》は、谷《たに》を隔《へだ》てて向《む》こう側《がわ》にある浜町《はままち》の高台《たかだい》が、白糸村《しらいとむら》よりも高《たか》く、水《みず》も十分《じゅうぶん》にあることに気《き》づき、その水《みず》をなんとかして引《ひ》いてこようと考《かんが》えました。そのためには、水《みず》の通《とお》る橋《はし》を深《ふか》い谷間《たにま》をまたぐようにして架《か》けなくてはなりません。しかし、高《たか》い台地《だいち》から低《ひく》い台地《だいち》へ直線的《ちょくせんてき》に水《みず》を流《なが》すような巨大《きょだい》な橋《はし》を造《つく》るには、想像《そうぞう》に絶《ぜっ》する大工事《だいこうじ》を必要《ひつよう》とします。

思案《しあん》を重《かさ》ねていたある日《ひ》、雨《あま》どいから溢《あふ》れて跳《は》ね上《あ》がる水《みず》を見《み》ていた保之《やすの》助《すけ》は、はっと思《おも》いつきました。

「そうだ、つながった管《くだ》に水《みず》を通《とお》せば、水《みず》はいったん下《した》に落《お》ちても、管《くだ》を通《とお》って再《ふたた》び同《おな》じ高《たか》さにまで跳《は》ね上《あ》がる。橋《はし》にこれを利用《りよう》しよう。」

サイフォンの原理

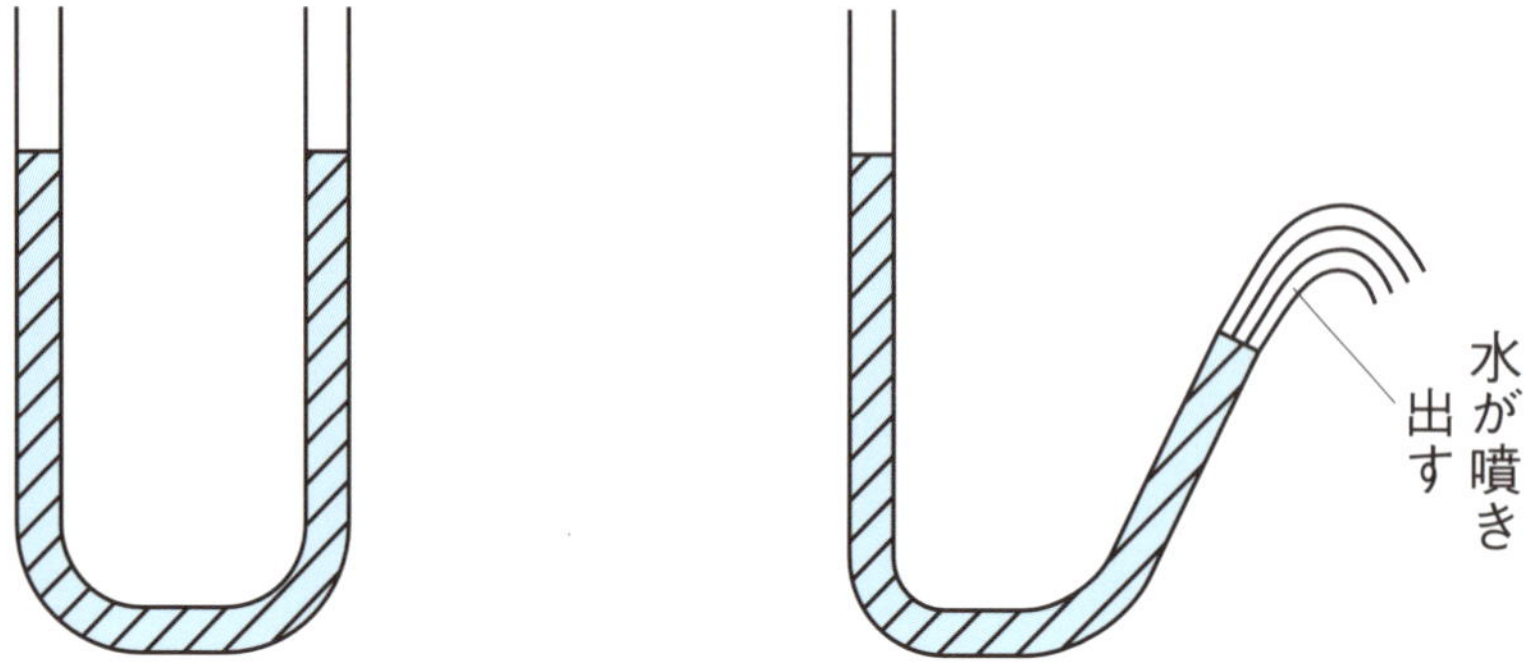
水が噴き出す

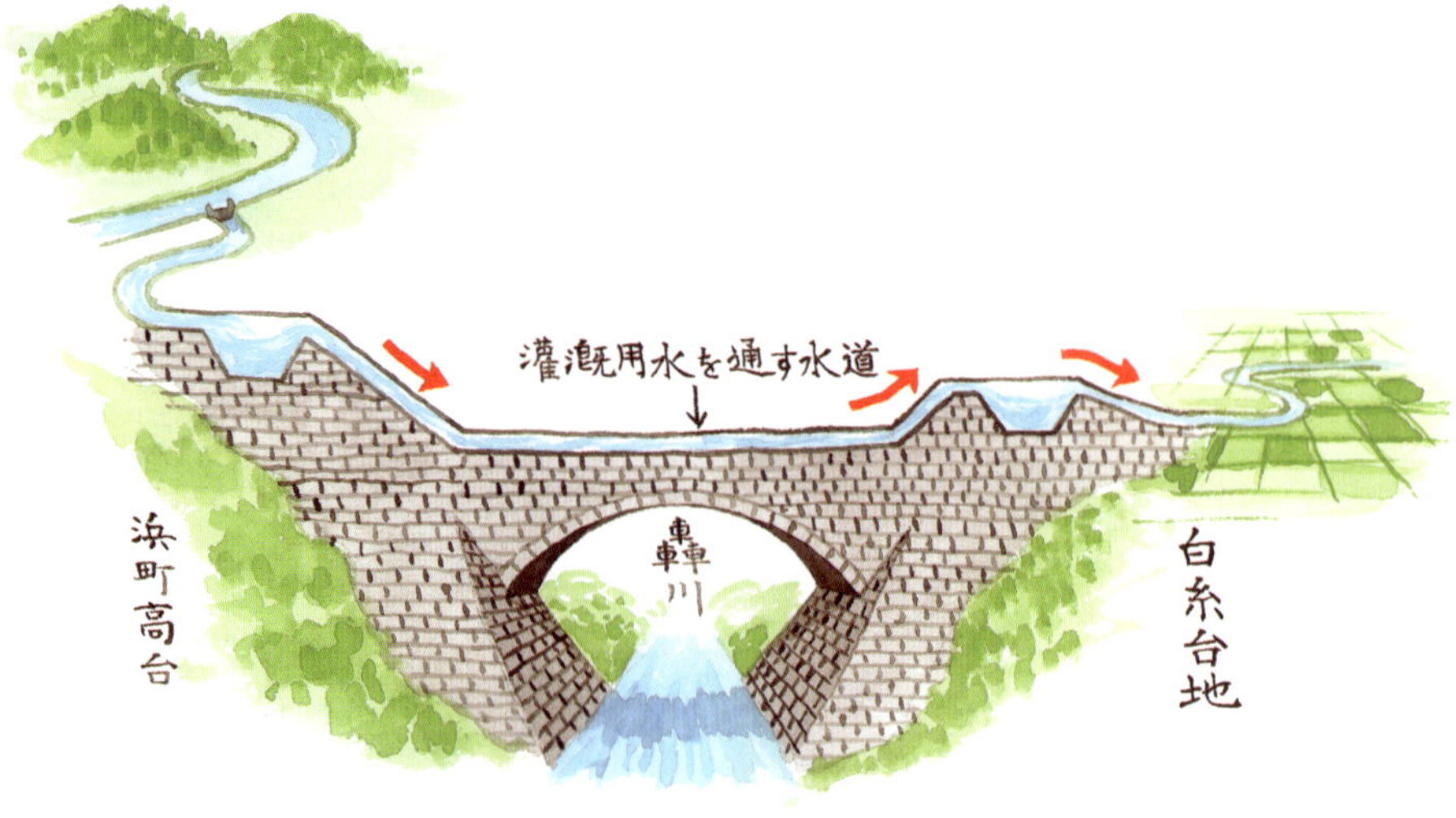
灌漑用水を通す水道
轟川
浜町高台
白糸台地

これは今《いま》でいう「サイフォンの原理《げんり》」です。白糸台地《しらいとだいち》よりも高《たか》い浜町側《はままちがわ》の川《かわ》に取《と》り入《い》れ口《ぐち》を作《つく》り、そこからいったん水《みず》を低《ひく》い水道橋《すいどうばし》へ落《お》とし、その勢《いきお》いで白糸台地側《しらいとだいちがわ》の田畑《たはた》まで水《みず》を上《あ》げるという工夫《くふう》です。

保之助《やすのすけ》はさっそく木材《もくざい》を使《つか》って水道《すいどう》を作《つく》り、谷《たに》に矢倉《やぐら》を組《く》んで、その上《うえ》に水道《すいどう》を渡《わた》し、水《みず》を流《なが》してみました。ところが、木製《もくせい》の水道《すいどう》は激《はげ》しい水《みず》の力《ちから》でひとたまりもなく壊《こわ》れ、深《ふか》い谷底《たにぞこ》へバラバラになって落《お》ちていきました。

そこで保之助《やすのすけ》は、石《いし》で水道《すいどう》を造《つく》ろうと考《かんが》え、九十《きゅうじっ》センチ四方《しほう》の石《いし》の中央《ちゅうおう》に三十《さんじっ》センチの穴《あな》を開《あ》け、これをいくつもつないで水道《すいどう》にすることにしました。水道《すいどう》の石《いし》の大《おお》きさや水道《すいどう》の傾《かたむ》きを考《かんが》えて、水《みず》の力《ちから》のかかり方《かた》や、吹《ふ》き上《あ》げ方《かた》などを詳《くわ》しく調《しら》べました。

その際《さい》に特《とく》に問題《もんだい》になったのは、石《いし》の継《つ》ぎ目《め》をどうするかということでした。石《いし》の継《つ》ぎ目《め》から水《みず》が漏《も》れると、その水《みず》の圧力《あつりょく》で、せっかく組《く》み立《た》てた石橋《いしばし》も、バラバラに崩《くず》れてしまう恐《おそ》れがあります。ですから、水《みず》を一滴《いってき》も漏《も》らさないようにするにはどうしたらよいのかについては、特《とく》に苦心《くしん》しました。鉄《てつ》を熱《あつ》く溶《と》かして石《いし》の継《つ》ぎ目《め》に入《い》れてみましたが、熱《あつ》い鉄《てつ》に焼《や》かれた継《つ》ぎ目《め》のところがもろくなり、水圧《すいあつ》をかけると、そこから水《みず》が漏《も》れてしまうのです。井戸《いど》や屋根《やね》に使《つか》われている漆喰《しっくい》（石灰《せっかい》と粘土《ねんど》を混《ま》ぜたもの）も使《つか》ってみましたが、これも失敗《しっぱい》。いろいろな漆喰《しっくい》を作《つく》って何回《なんかい》も失敗《しっぱい》を繰《く》り返《かえ》した末《すえ》に、水《みず》がもれない独特《どくとく》の漆喰《しっくい》を作《つく》り上《あ》げました。これは、松葉《まつば》の新芽《しんめ》をつぶした松葉汁《まつばじる》に、赤土《あかつち》、川砂《かわすな》、貝《かい》の灰《はい》、さらに塩《しお》、卵《たまご》の白身《しろみ》を加《くわ》えたものでした。

そして、この漆喰《しっくい》を継《つ》ぎ目《め》に詰《つ》める方法《ほうほう》もいろいろ工夫《くふう》して、ようやく大《おお》きな水圧《すいあつ》に耐《た》え得《う》る水道《すいどう》を造《つく》れる見通《みとお》しが立《た》ったのです。保之助《やすのすけ》はさっそく、谷《たに》に高《たか》い石橋《いしばし》を架《か》け、その上《うえ》に石造《いしづく》りの水道《すいどう》を渡《わた》すという水道橋建設《すいどうばしけんせつ》の計画《けいかく》を立《た》てて、藩《はん》に願《ねが》い出《で》ました。藩《はん》からは何度《なんど》も質問書《しつもんしょ》が出《だ》され、保之助《やすのすけ》はそのたびに詳《くわ》しい答弁書《とうべんしょ》を提出《ていしゅつ》しました。

厳《きび》しい審査《しんさ》の結果《けっか》、藩《はん》の許可《きょか》が下《くだ》り、いよいよ工事《こうじ》が始《はじ》まりました。石工《いしく》も、大工《だいく》も、村人《むらびと》たちも、石《いし》の切《き》り出《だ》し、輪石《わいし》（アーチを支《ささ》える基礎《きそ》の石《いし》）を積《つ》むための足場作《あしばづく》り、水道《すいどう》や水路《すいろ》の組《く》み立《た》てなど、それぞれの持《も》ち場《ば》で精《せい》を出《だ》しました。こうして一年八カ月《いちねんはちかげつ》かかって、嘉永七年《かえいしちねん》（一八五四《せんはっぴゃくごじゅうよん》）、高《たか》さ二十《にじゅう》メートル、幅《はば》が六《ろく》メートル、長《なが》さ七十六・五《ななじゅうろくてんご》メートルという雄大《ゆうだい》な規模《きぼ》の水道橋《すいどうばし》が、出来上《できあ》がったのです。

いよいよ、完成《かんせい》した橋《はし》に水《みず》を通《とお》す日《ひ》がやって来《き》ました。保之助《やすのすけ》たちは、祈《いの》るような気持《きも》ちで完成《かんせい》の儀式《ぎしき》に臨《のぞ》みました。はたして石《いし》の水道《すいどう》や橋《はし》が水《みず》の重《おも》みと圧力《あつりょく》に耐《た》えられるだろうか。苦心《くしん》と努力《どりょく》を積《つ》み重《かさ》ねた工事《こうじ》に自信《じしん》はありましたが、やはり不安《ふあん》はぬぐえません。儀式《ぎしき》に臨《のぞ》んだ保之助《やすのすけ》は、礼服《れいふく》をつけ、懐《ふところ》には短刀《たんとう》を忍《しの》ばせていました。万《まん》が一《いち》にも、この工事《こうじ》が失敗《しっぱい》に終《お》わったら、その責任《せきにん》を取《と》るために、その場《ば》で、父《ちち》のあとを追《お》って腹《はら》をかき切《き》り、自《みずか》らの命《いのち》を断《た》つ覚悟《かくご》だったのです。

いよいよ足場《あしば》が取《と》り払《はら》われました。アーチの石《いし》が軋《きし》んで、地鳴《じな》りのような轟音《ごうおん》とともに砂煙《すなけむり》が巻《ま》き起《お》こりました。その砂煙《すなけむり》が収《おさ》まると、美《うつく》しい弧《こ》を描《えが》いた眼鏡橋《めがねばし》が、人々《ひとびと》の眼前《がんぜん》に姿《すがた》を現《あらわ》しました。

つづいて、水門《すいもん》が開《ひら》かれました。ゴーッと、水《みず》は勢《いきお》いよく水路《すいろ》を流《なが》れ下《くだ》り、石《いし》の水道《すいどう》の中《なか》を突《つ》き進《すす》んでいきました。激《はげ》しい水圧《すいあつ》にもびくともせず、眼鏡《めがね》橋《ばし》は、谷《たに》の上《うえ》に高《たか》くどっしりと架《か》かっています。そしてついに、長《なが》い石《いし》の水《すい》道《どう》を通《とお》り抜《ぬ》けた水《みず》が、高《たか》い白糸台地《しらいとだいち》に吹《ふ》き出《で》たのです。

からからに乾《かわ》いた台地《だいち》に水《みず》が染《し》みわたっていきました。

「わあっ。わあっ。」

人々《ひとびと》の喜《よろこ》びの声《こえ》が、谷《たに》にも丘《おか》にもこだましました。

保之助《やすのすけ》は、父《ちち》の願《ねが》いを果《は》たすことができた喜《よろこ》びをかみしめ、水門《すいもん》からほとばしり出《で》る水《みず》を、祈《いの》るように押《お》しいただくばかりでした。

こうして、作物《さくもつ》ができなかった白糸台地《しらいとだいち》にも水田《すいでん》が作《つく》れるようになりました。この石造《いしづく》りの眼鏡橋《めがねばし》は、あとになって「通潤橋《つうじゅんきょう》」と呼《よ》ばれるようになりました。「潤《うるお》いを通《とお》す橋《はし》」という意味《いみ》です。

今《いま》も深《ふか》い谷間《たにま》に虹《にじ》のような姿《すがた》を横《よこ》たえている通潤橋《つうじゅんきょう》。それは、惣庄屋父子《そうじょうやふし》の切《せつ》なる願《ねが》いと村人《むらびと》たちの協力《きょうりょく》によって生《う》まれたものです。この橋《はし》のすぐ近《ちか》くには「布田神社《ふたじんじゃ》」というお社《やしろ》があり、布田保之助《ふたやすのすけ》が祀《まつ》られ、今《いま》なお地元《じもと》の人々《ひとびと》に親《した》しまれ慕《した》われています。

心に太陽を

心に太陽をもて

心に太陽をもて、
あらしがふこうが雪がふろうが。
天には雲、
地にはあらそいがたえなかろうが、
心に太陽をもて。
そうすりゃ、なにがこようと、平気じゃないか。
どんな暗い日だって
それが明るくしてくれる。

くちびるに歌をもて
ほがらかな調子で。
日々の苦労に、
よし心配がたえなくとも、
くちびるに歌をもて。
そうすりゃ、なにがこようと、平気じゃないか。
どんなさびしい日だって、
それが元気にしてくれる。

他人のためにもことばをもて、
なやみ、苦しんでいる他人のためにも。
そうして、なんでこんなにほがらかにいられるのか、
それを、こう話してやるのだ。
くちびるに歌をもて、
勇気を失うな。
心に太陽をもて、
そうすりゃ、なんだって
ふっとんでしまう。

波間《なみま》に響《ひび》く歌声《うたごえ》

一《せん》九《きゅうひゃくにじゅうねんじゅうがつ》二〇年十月の、ある月《つき》のない、しかもイギリス特有《とくゆう》の霧《きり》が濃《こ》く立《た》ち込《こ》めた真《ま》っ暗《くら》な夜《よる》のことです。スコットランドの西岸《せいがん》の沖合《おきあい》で、ローマン号《ごう》という小《ちい》さな汽《き》船《せん》が突然《とつぜん》、十倍《じゅうばい》もある大《おお》きな船《ふね》にぶつかって、沈没《ちんぼつ》してしまいました。船長《せんちょう》をはじめ船員《せんいん》は、必死《ひっし》になって乗客《じょうきゃく》の救助《きゅうじょ》に努《つと》め、相手《あいて》の船《ふね》もすぐに、ありったけの救命《きゅうめい》ボートを下《お》ろして救助《きゅうじょ》に努《つと》めました。しかし、ローマン号《ごう》に乗《の》っていた百《ひゃく》四《よ》人《にん》のうち、乗組員《のりくみいんじゅういちにん》十一人、船客《せんきゃくじゅう》十四《よ》人《にん》の行方《ゆくえ》が、なかなかわかりません。

ある保険会社《ほけんがいしゃ》の社員《しゃいん》、フランク・マッケナンも、その行方《ゆくえ》不明《ふめい》の一人《ひとり》でした。沈《しず》んでいく船《ふね》から放《ほう》り出《だ》されて、暗《くら》い波《なみ》の間《あいだ》を泳《およ》いでいました。

「救命《きゅうめい》ボートは、いったい何《なに》をしているのか。」

「自分《じぶん》はもう見捨《みす》てられてしまったのだ。」

「このままでは自分《じぶん》は、真《ま》っ暗《くら》な冷《つめ》たい海《うみ》の藻屑《もくず》となって、消《き》えていくよりほかはない。」

例《たと》えようのない孤独感《こどくかん》と死《し》への恐怖《きょうふ》が、彼《かれ》の心《こころ》を襲《おそ》ってくるのです。家《か》族《ぞく》や友人《ゆうじん》の顔《かお》が、走馬灯《そうまとう》のようにまぶたに浮《う》かんでは、消《き》えていきました。彼《かれ》はいつの間《ま》にか、潮流《ちょうりゅう》に押《お》し流《なが》され、難破《なんぱ》（船《ふね》が遭難《そうなん》すること）した場所《ばしょ》からかなり離《はな》れてしまったようです。ついさっきまで助《たす》けを求《もと》めてわめき叫《さけ》んでいた声《こえ》が、海面《かいめん》のあちこちから聞《き》こえていたのに、その声《こえ》もいつしか、まったく聞《き》こえなくなっていました。すべてのものが波《なみ》に呑《の》まれ、死《し》の静《しず》けさだけが、あたりに広《ひろ》がっていました。

すると、波《なみ》の彼方《かなた》から、突然《とつぜん》、美《うつく》しい歌声《うたごえ》が流《なが》れて来《く》るではありませんか。

マッケナンは、

「おやっ?」

とわが耳《みみ》を疑《うたが》いました。

「いったい、どうして、今時分《いまじぶん》に、こんな所《ところ》で、こんな美《うつく》しい歌《うた》が響《ひび》いて来《く》るのか。そんなはずはない。」

とは思《おも》うものの、確《たし》かに聞《き》こえてきます。しかも、それは女《おんな》の人《ひと》の声《こえ》で、まるで大勢《おおぜい》の聴衆《ちょうしゅう》を前《まえ》にしてステージで歌《うた》っているように、堂々《どうどう》とした、しかも親《した》しみのこもった歌《うた》い方《かた》なのです。

マッケナンはしんみりと、その歌《うた》に聞《き》きほれていました。今《いま》までにどれほど歌《うた》を聞《き》いたかしれませんが、この時《とき》ぐらい、歌《うた》の有《あ》り難《がた》みを味《あじ》わったことはありません。なんだか、すうっといい気持《きも》ちになって、自分《じぶん》が水《みず》の中《なか》に浸《ひた》っていることすらも、忘《わす》れてしまうほどでした。寒《さむ》さも、疲《つか》れも、どこかへいってしまったようで、いのちが甦《よみがえ》ったような気持《きも》ちになりました。そして、

「とにかくあの美《うつく》しい歌《うた》のところまで行《い》こう。」

と夢中《むちゅう》になって、その方向《ほうこう》に向《む》かって泳《およ》いで行《い》きました。

近《ちか》づいてみると、船《ふね》が沈《しず》んだときに流《なが》れ出《で》たものらしい一本《いっぽん》の大《おお》きな丸太《まるた》に、何人《なんにん》かの女《おんな》の人《ひと》がつかまっていました。歌《うた》を歌《うた》っているのは、その中《なか》のまだ年若《としわか》いお嬢《じょう》さんでした。波《なみ》をかぶっても、少《すこ》しもめげず歌《うた》い続《つづ》けています。ほかの人《ひと》たちが、救命《きゅうめい》ボートの来《く》るのを待《ま》つ間《あいだ》、寒《さむ》さで気《き》を失《うしな》って丸《まる》太《た》から手《て》を放《はな》さないように、こうして元気《げんき》づけていたのです。

マッケナンもいっしょにその丸太《まるた》につかまることができ、おかげで体《からだ》がずっと楽《らく》になりました。そして、彼《かれ》は、お嬢《じょう》さんに、語《かた》りかけました。

「お嬢《じょう》さん、私《わたし》はあなたの歌《うた》で元気《げんき》を取《と》り戻《もど》すことができました。あなたの歌《うた》が聞《き》こえなかったら、私《わたし》は凍《こご》え死《し》んでいたに違《ちが》いありません。」

「私《わたし》も凍《こご》え死《じ》にしないように一生懸命《いっしょうけんめい》、歌《うた》っていたんですよ。」

その気負《きお》いのない言葉《ことば》に、マッケナンはまた心《こころ》打《う》たれました。お嬢《じょう》さんはまた元気《げんき》よく歌《うた》い始《はじ》め、ほかの者《もの》もいっしょに歌《うた》いました。それを聞《き》きながら、マッケナンは考《かんが》えました。

「こんな状況《じょうきょう》に遭遇《そうぐう》すれば、誰《だれ》だってぐちをこぼしたくなる。しかし、ぐちでボートは呼《よ》び寄《よ》せられない。ボートを呼《よ》び寄《よ》せるためには、何《なに》よりも相手《あいて》に声《こえ》が届《とど》くように合図《あいず》をすることだ。しかも、『助《たす》けてくれ』などと哀《あわ》れな声《こえ》を張《は》り上《あ》げるよりも、力強《ちからづよ》い歌《うた》を歌《うた》った方《ほう》が、どんなに大《おお》きな力《ちから》になることか。自分《じぶん》もお嬢《じょう》さんの歌声《うたごえ》を聞《き》いて、ここに泳《およ》ぎ着《つ》いたではないか。濃《こ》い霧《きり》の中《なか》で、遭難者《そうなんしゃ》を探《さが》しあぐねているボートにも、この歌声《うたごえ》が届《とど》くかも

しれない。」

しかし、そうは思《おも》っても、なかなか助《たす》けに来《き》てくれる船《ふね》などはありません。皆《みんな》くたびれ果《は》てて、歌声《うたごえ》が途絶《とだ》えがちになっていた、その時《とき》です。

「おや、なんだか、音《おと》がするようだわ。」

突然《とつぜん》、ひとりの婦人《ふじん》が叫《さけ》びました。

「そう。そう言《い》えば、何《なに》か聞《き》こえるようね。」

皆《みんな》が耳《みみ》を澄《す》ましていると、遠《とお》くの方《ほう》の霧《きり》の中《なか》から、小舟《こぶね》の近《ちか》づいて来《く》るようなかすかな水《みず》の音《おと》が、聞《き》こえてくるではありませんか。

「あっ、ボートだ。ボートだ。――ここだ。ここにいるぞお!」

マッケナンは大《おお》きな声《こえ》で叫《さけ》びました。そのボートは、マッケナンと同《おな》じように、美《うつく》しい歌声《うたごえ》を手《て》がかりにして、助《たす》けに来《き》てくれたのです。こうしてお嬢《じょう》さんも、マッケナンも、そのほかの婦人《ふじん》たちも、皆《みんな》無事《ぶじ》に救《すく》い上《あ》げられたのでした。

このお話《はなし》の前《まえ》に掲《かか》げた「心《こころ》に太陽《たいよう》をもて」という詩《し》は、お話《はなし》の舞台《ぶたい》になったイギリスではなく、ドイツの詩人《しじん》ツェーザル・フライシュレンの書《か》いた詩《し》です。昔《むかし》、ドイツではどの家庭《かてい》にも、この詩《し》が聖書《せいしょ》の中《なか》の短《みじか》い文句《もんく》とともに壁《かべ》に掲《かか》げられていたそうですが、それほどにこの詩《し》は、ドイツ人《じん》だけではなくヨーロッパの多《おお》くの人々《ひとびと》に愛唱《あいしょう》されていました。

このお嬢《じょう》さんがこの詩《し》を知《し》っていたかどうかわかりません。しかし、このお嬢《じょう》さんくらい、この詩《し》の心《こころ》を生《い》かした人《ひと》は少《すく》ないのではないでしょうか。

稲むらの火

江《え》戸《ど》時《じ》代《だい》も終《お》わりに近《ちか》い安政元年《あんせいがんねん》（一八五四《せんはっぴゃくごじゅうよん》）、紀《き》伊《い》半島《はんとう》を大津《おおつ》波《なみ》が襲《おそ》った時《とき》のことです。

「これはただ事《ごと》ではない。」

とつぶやきながら、五兵衛《ごへえ》は家《いえ》から出《で》て来《き》ました。今《いま》の地震《じしん》は、ことさらに激《はげ》しいというほどのものではありませんでした。しかし、長《なが》いゆっくりとした揺《ゆ》れ方《かた》と、腹《はら》に響《ひび》くような地鳴《じな》りとは、年老《としお》いた五兵衛《ごへえ》もかつて経験《けいけん》したことのない無気味《ぶきみ》なものでした。

五兵衛《ごへえ》は、高台《たかだい》にある自分《じぶん》の庭《にわ》から、心配《しんぱい》げに下《した》の村《むら》を見下《みお》ろしました。村人《むらびと》たちは、豊年《ほうねん》を祝《いわ》う宵祭《よいまつり》の支度《したく》に心《こころ》をとられているのか、地震《じしん》をさほど気《き》にかけない様子《ようす》で働《はたら》き続《つづ》けていました。

ふと海《うみ》の方《ほう》へ目《め》をやった五兵衛《ごへえ》は、思《おも》わず息《いき》を呑《の》みました。大波《おおなみ》が、風《かぜ》に逆《さか》らって沖《おき》へ沖《おき》へと動《うご》いて行《い》き、そのあとを追《お》うように、海水《かいすい》で見《み》えなかった黒《くろ》い砂原《すなはら》や岩底《いわぞこ》が、グングンと広《ひろ》がっていくではありませんか。

「大変《たいへん》だ。津波《つなみ》がやって来《く》る。このままでは四百人《よんひゃくにん》の村人《むらびと》がひと呑《の》みにされてしまう。」

急《いそ》いで家《いえ》に駆《か》け込《こ》んだ五兵衛《ごへえ》は、大《おお》きな松明《たいまつ》を持《も》って飛《と》び出《だ》しました。そこには取《と》り入《い》れたばかりの稲《いね》の束《たば》を積《つ》み重《かさ》ねた「稲叢《いなむら》」が、たくさん並《なら》べられていました。一年《いちねん》の収穫《しゅうかく》のすべてですから、農民《のうみん》にとって、命《いのち》の次《つぎ》に大《たい》切《せつ》なものです。

「これで村人《むらびと》の命《いのち》を救《すく》うしかない。」

五兵衛《ごへえ》はいきなり、稲《いな》むらの一《ひと》つに火《ひ》を移《うつ》しました。風《かぜ》にあおられて、火《ひ》の手《て》がぱっと上《あ》がりました。一《ひと》つ、また一《ひと》つと稲《いな》むらに次々《つぎつぎ》と火《ひ》をつけながら、五兵衛《ごへえ》は夢中《むちゅう》で走《はし》りました。こうして自分《じぶん》が刈《か》り取《と》ったすべての稲《いな》むらに火《ひ》をつけてしまうと、五兵衛《ごへえ》はまるで気《き》を失《うしな》ったように突《つ》っ立《た》ったまま沖《おき》の方《ほう》を眺《なが》めていました。

日《ひ》はすでに没《ぼっ》して、あたりはだんだん薄暗《うすぐら》くなってきました。次々《つぎつぎ》に燃《も》える稲《いな》むらは、天《てん》を焦《こ》がしました。山寺《やまでら》では、この火《ひ》を見《み》て早鐘《はやがね》をつき始《はじ》めました。

「火事《かじ》だ。庄屋《しょうや》さんの家《いえ》が火事《かじ》だ。」

村《むら》の若者《わかもの》が、急《いそ》いで高台《たかだい》へ向《む》かって駆《か》けだしました。つづいて、老人《ろうじん》も、女《おんな》も、子供《こども》も、若者《わかもの》のあとを追《お》って駆《か》けだしました。上《うえ》から見下《みお》ろす五兵衛《ごへえ》には、それが、蟻《あり》の歩《あゆ》みのように遅《おそ》くもどかしく思《おも》えました。やっと二十人《にじゅうにん》ばかりの若者《わかもの》が、駆《か》け上《あ》がってきました。彼《かれ》らはすぐに、火《ひ》を消《け》しにかかろうとしましたが、五兵衛《ごへえ》は大声《おおごえ》で止《と》めました。

「火《ひ》を消《け》してはならぬ。村中《むらじゅう》の皆《みんな》に、少《すこ》しでも早《はや》くここへ来《き》てもらうん

や。」

村《むら》の人々《ひとびと》は次々《つぎつぎ》に集《あつ》まって来《き》ました。五兵衛《ごへえ》は、あとから、あとから駆《か》け上《あ》がってくる村人《むらびと》たちを、一人一人《ひとりひとり》数《かぞ》えていました。

集《あつ》まって来《き》た人々《ひとびと》は、命《いのち》がけで育《そだ》てた稲《いね》が燃《も》えている様《さま》と、これまでにない厳《きび》しい目《め》をした五兵衛《ごへえ》の表情《ひょうじょう》を不思議《ふしぎ》そうに見《み》つめました。

その時《とき》、五兵衛《ごへえ》は力《ちから》いっぱいに叫《さけ》びました。

「見《み》ろ。やって来《き》たぞ。」

たそがれの薄明《うすあか》りをすかして、五兵衛《ごへえ》の指《ゆび》さす方《ほう》に目《め》をやると、暗《くら》い海《うみ》の彼方《かなた》に、かすかに白《しろ》い一筋《ひとすじ》の線《せん》が見《み》えました。その線《せん》は、みるみる太《ふと》くなり広《ひろ》くなって、一気《いっき》に押《お》し寄《よ》せて来《く》るではありませんか。

「津波《つなみ》だ。」

と誰《だれ》かが叫《さけ》びました。海水《かいすい》が絶壁《ぜっぺき》のように盛《も》り上《あ》がって迫《せま》って来《き》たかと思《おも》うと、山《やま》がのしかかってきたような重《おも》さと、百雷《ひゃくらい》が一時《いちじ》に落《お》ちたような轟《とどろき》で陸《りく》にぶつかりました。人々《ひとびと》は我《われ》を忘《わす》れて、後《うし》ろへ飛《と》びのきました。水煙《みずけむり》が雲《くも》のように高台《たかだい》に降《ふ》りかかって来《き》たので、一時《いちじ》は何《なに》も見《み》えなくなりました。

村《むら》人《びと》は、波《なみ》にえぐり取《と》られて跡形《あとかた》もなくなった村《むら》を、ただただ呆然《ぼうぜん》と見下《みお》ろすばかりでした。

収《おさ》まりかけていた稲《いな》むらの火《ひ》は、風《かぜ》にあおられてまた燃《も》え上《あ》がり、夕《ゆう》やみに包《つつ》まれたあたりを明《あか》るく照《て》らしました。初《はじ》めて我《われ》に帰《かえ》った村人《むらびと》は、自分《じぶん》たちがこの稲《いな》むらの火《ひ》のおかげで救《すく》われたことに気《き》づくと、ものも言《い》わずに五《ご》兵衛《へえ》の前《まえ》にひざまづき、手《て》を合《あ》わせるのでした。

浜口五兵衛《はまぐちごへえ》は、大津波《おおつなみ》から村人《むらびと》を救《すく》ったのち、その地《ち》を永久《えいきゅう》に津波《つなみ》から守《まも》るために、村人《むらびと》たちと力《ちから》を合《あ》わせて津波避《つなみよ》けの大堤防《だいていぼう》を築《きず》きました。また、村《むら》の教育《きょういく》にも力《ちから》を注《そそ》ぎ、「耐久塾《たいきゅうじゅく》」という学校《がっこう》も建《た》てました。

五兵衛《ごへえ》の村《むら》であった現在《げんざい》の和歌山県広川町《わかやまけんひろかわちょう》では、毎年《まいとし》、津波《つなみ》のあった月《つき》の十一《じゅういち》月《がつ》に、津波祭《つなみさい》が行《おこな》われています。その時《とき》には、地元《じもと》の小学生《しょうがくせい》たちが、堤防《ていぼう》の土手《どて》のふもとにある、五兵衛《ごへえ》たちの偉業《いぎょう》が刻《きざ》まれている感恩碑《かんおんひ》に土《つち》を運《はこ》んで来《き》て、感《かん》謝《しゃ》の儀礼《ぎれい》を行《おこな》うのが習《なら》わしになっているそうです。

「稲《いな》むらの火《ひ》」の話《はなし》は、国語《こくご》の教科書《きょうかしょ》で取《と》り上《あ》げられましたが、数《かず》ある教材《きょうざい》の中《なか》でも特《とく》に深《ふか》い印象《いんしょう》を日本国民《にほんこくみん》に残《のこ》しました。

皇后陛下《こうごうへいか》も、平成十一年《へいせいじゅういちねん》（一九九九《せんきゅうひゃくきゅうじゅうきゅう》）十月二十日《じゅうがつはつか》、宮内記者会《くないきしゃかい》の質問《しつもん》に対《たい》するご回答《かいとう》の中《なか》で、次《つぎ》のように述《の》べられています。

「子供《こども》のころ教科書《きょうかしょ》に、確《たし》か〝稲《いな》むらの火《ひ》〟と題《だい》し津波《つなみ》の際《さい》の避難《ひなん》の様子《ようす》を描《えが》いた物語《ものがたり》があり、その後長《ごなが》く記憶《きおく》に残《のこ》ったことでしたが、津波《つなみ》であれ、洪水《こうずい》であれ、平常《へいじょう》の状態《じょうたい》が崩《くず》れた時《とき》の自然《しぜん》の恐《おそ》ろしさや、対処《たいしょ》の可能性《かのうせい》が、学校教育《がっこうきょういく》の中《なか》で具体的《ぐたいてき》に教《おし》えられた一《ひと》つの例《れい》として思《おも》い出《だ》されます。」

後日物語《ごじつものがたり》――海《うみ》を超《こ》えて広《ひろ》がった共感《きょうかん》と感動《かんどう》

明治時代《めいじじだい》になって、浜口担《はまぐちにない》という一人《ひとり》の青年《せいねん》が、ロンドンの「Ｔｈｅ《ザ》 Ｊａｐａｎ《ジャパン》 Ｓｏｃｉｅｔｙ《ソサイアティー》（＝日本協会《にほんきょうかい》）」という会《かい》に招《まね》かれ、「日本歴史上《にほんれきしじょう》の顕著《けんちょ》なる婦人《ふじん》」と題《だい》する講演《こうえん》をしました。イギリスのケンブリッジ大学《だいがく》に七年間《ななねんかん》も学《まな》んできた彼《かれ》は、流暢《りゅうちょう》な英語《えいご》で話《はな》しました。講演《こうえん》に続《つづ》く質疑応答《しつぎおうとう》の時間《じかん》が、終《お》わろうとしていた時《とき》のことです。

ある若《わか》いイギリスの婦人《ふじん》が立《た》ち上《あ》がって言《い》いました。

「ここにいらっしゃる皆《みな》さんの中《なか》には、ラフカディオ・ハーン（小泉八雲《こいずみやくも》）が書《か》いた『仏《ほとけ》の畑《はたけ》の落穂《おちぼ》』の冒頭《ぼうとう》（はじめ）にある『生神様《いきがみさま》』と題《だい》する物語《ものがたり》を読《よ》んだ方《かた》もおられるでしょう。私《わたし》はそれを読《よ》んで、津波《つなみ》から村人《むらびと》の命《いのち》を救《すく》った浜口五兵衛《はまぐちごへえ》という人《ひと》の知恵《ちえ》と勇気《ゆうき》に深《ふか》い感銘《かんめい》を受《う》けました。あなたは『浜口《はまぐち》』という同《おな》じ名前《なまえ》ですが、浜口五兵衛《はまぐちごへえ》と何《なに》かつながりが、おありでしょうか。」

実《じつ》はこの浜口担《はまぐちになう》という人《ひと》は、つながりどころか、五兵衛《ごへえ》の息子《むすこ》だったのです。思《おも》いもかけず、遠《とお》いこの地《ち》で、父《ちち》の名前《なまえ》をイギリス婦人《ふじん》の口《くち》から聞《き》いた担《になう》は、激《はげ》しい感動《かんどう》のため胸《むね》がふさがり、一言《ひとこと》も発《はっ》することができませんでした。

司会者《しかいしゃ》が近《ちか》づいて小声《こごえ》で問《と》いただし、そしてうなづき、担《になう》に代《か》わって言《い》いました。

「今夜《こんや》の講師《こうし》、浜口担氏《はまぐちになうし》こそハーンの物語《ものがたり》の主人公《しゅじんこう》、浜口五兵衛《はまぐちごへえ》のご子息《しそく》なのです。」
会場《かいじょう》の人々《ひとびと》は、父親《ちちおや》五兵衛《ごへえ》の偉業《いぎょう》を讃《たた》えると共《とも》に、声《こえ》も出《だ》せなかった講師《こうし》の心《しん》情《じょう》を思《おも》いやり、拍手《はくしゅ》と歓声《かんせい》で応《こた》えました。

※参考文献《さんこうぶんけん》　平川祐弘《ひらかわすけひろ》著《ちょ》『小泉八雲《こいずみやくも》（ラフカディオ・ハーン）―西洋脱出《せいようだっしゅつ》の夢《ゆめ》』

あとがき

元九州造形短期大学教授
小柳陽太郎

思えば戦前の教育の世界は、今では遠い彼方《かなた》に去ってしまったようです。昭和二十年八月、終戦の日を境に、日本人の心の流れは、戦前と戦後の二つに見事に分断されてしまって、すでに五十年を過ぎる月日が経《た》ちました。だが一体それでいいのか。このところ連日報じられている教育界の惨状《さんじょう》、目を蔽《おお》いたくなるような少年による凶悪犯罪の続発、それは日本人が日本人としての自己を見失った、言葉をかえれば自らの歴史を失った民族の悲劇という他はないように思われます。とすれば、この混沌《こんとん》とした時代であればあるほど、いま私たちの視界から消えてしまった戦前の教育を蘇《よみがえ》らせて、それを私たち自身の目でもう一度見直し、戦前と戦後の断絶を埋めるべき時がきているのではないか、そう思われてなりません。

とはいえ、戦前の教育といえばすぐ心に浮かぶ「修身《しゅうしん》」という言葉一つをとりあげてみても、多くの人はいかにも古めかしい、干《ひ》からびた道徳教育、冷たい道徳という枠の中に子供たちをはめこむような印象を受けるにちがいありません。

もっとも一部の教師たちによって、そう思われても仕方のないような授業が行われたのも事実でしょう。しかし多くの教師は決してそうではなかった。たしかに「修身」の教科書の目次には「忍耐《にんたい》」とか「礼儀」とか、そういう徳目《とくもく》が並べられていました。だがそれぞれの項目には、それらの徳目を身を以て生きた先人たちの、胸迫るドラマが描《えが》かれていたし、先生方はそのドラマの中に溶けこんで、子供たちの胸に、人間の真実がどういうものかということを、強烈に語りかけられました。こうして「修身」の授業は勿論、「国語」の授業でも、「歴史」の授業でも、当時の子供たちは、小学校の低学年の頃から、数多くの人生の美しい姿にふれながら生きてきたのです。暗黒に閉ざされた教育、そういう戦前の教育に対する思いこみは、戦前の日本人の生き方を真向《まっこう》から否定しようとした占領政策のなせるわざにすぎなかったというべきでしょう。

であれば、このような戦前の教育へのいわれのない不信感を拭《ぬぐ》い去って、戦前と戦後を貫く一本のパイプを通すこと、それがいま何よりも強く求められているのではないか。私たちはそういうおもいをこめて、明治の半《なか》ばから終戦直後までの「修身」と「国語」の教科書の中に埋もれていた十八篇の物語をとりあげて、この一冊の書物を編集しました。もっとも原文のままでは、現在の子どもたちには難解《なんかい》の個所も多く、適宜《てきぎ》、筆を加えたところもありますが、当時の教科書のもつ雰囲気を直接味わっていただき、これらの文章を教材として、「人生」を学んだ子どもたちと共感の場をもっていただきたいのです。

ただこの本を読んでいただく際に、ここに登場する人物があまりにも理想化されているのではないか、と思われる方々がおられるかもしれない。そういう疑問に対して、一言《ひとこと》補足させていただきたいと思います。たしかに人間への不信、人間の偉大さを語ることを極度に警戒する現代の風潮からすれば、それはやむを得ないことかも知れません。しかしそれはやはり誤りです。そのことについて、この書物ではとりあげませんでしたが、戦前の「修身」の教科書に、『沈勇《ちんゆう》』という題で常に登場していた「佐久間艇長《さくまていちょう》」について述べた夏目漱石《なつめそうせき》の言葉を引用しておきましょう。

佐久間艇長は明治四十三年四月、広島湾で訓練中沈没、遂に浮上しなかった潜水艇の艇長でしたが、その潜水艇が引き揚《あ》げられた時、十三名の艇員はすべて整然として部署《ぶしょ》についたまま絶命《ぜつめい》、艇長は事故が起きた午前十時から死に至る十二時四十分まで、司令塔《しれいとう》から洩《も》れる微《かす》かな光を頼りに、事故に至る詳細な経過を手帖《てちょう》の三十九頁《ページ》にわたって記録、世界の人々を驚倒《きょうとう》せしめた海軍の軍人でした。丁度《ちょうど》そのころ、病で入院していた夏目漱石はその病床《びょうしょう》で、水に濡《ぬ》れた遺書の写真版を手にして、いつかイギリスの潜水艇が同じような事故にあった時、艇員は死を免《まぬが》れようとして、水明《みずあか》りの洩《も》れる窓の下に折り重なって死んでいたという事件があったことを引用して、死を前にした人間はこのような醜態《しゅうたい》を演ずる、それは否定しようのない人生の事実、現実の姿だと述べたあと次のように言うのです。

「けれども現実は是《こ》れだけである。その他は嘘《うそ》であると主張する人は、一方において、佐久間艇長とその部下の死と、艇長の遺書を見る必要がある」

そして漱石はこのような英雄的な軍人が、この現代の日本に存在したことに深い感動とよろこびの言葉を述べて一文を閉じています。

たしかにいまここに編集した一冊の書物には、私たちの常識では想像できないような英雄的行為が各所に見られますが、それが常識を越えた、私どもには到底及ばない行為だと言って、それは非現実的であり、嘘であり、誇張《こちょう》であるということは許されません。漱石の言葉を借りれば、このような「不可思議《ふかしぎ》の行為」が現実にあり得《う》ること、それがどんなにすぐれた精神によって成し遂《と》げられたかを、私たちは謙虚《けんきょ》に認め、その偉大な精神の前に頭《こうべ》を垂《た》れなければいけないのです。

ともあれこの一冊を手にしていただくことによって、戦前の教育についての誤解を解き、この本の表題にも掲げましたように、親子三代にわたって一貫して感動できる人間の真実の世界にふれていただき、現在の教育界の混迷の中で、文字通り「嵐の中の灯台」の役割を少しでも果すことが出来れば、これに勝《まさ》るよろこびはありません。

最後にこの書物の製作にあたって、特別のお力添えをいただき、装幀《そうてい》をはじめ、見事な挿絵《さしえ》によって格段の光彩《こうさい》を添えていただいた童画家《どうがか》西島伊三雄《にしじまいさお》氏と、同《どう》アトリエの竹中俊裕《たけなかとしひろ》氏に心から御禮申し上げます。

本書作成の過程

――ご協力いただいた方々への感謝をこめて――

元東京都教育委員
石井　公一郎

児童・生徒向けの徳育の本を作ろうという提案を「家庭読本編纂会」の椛島有三さんから聞いたのは三年前のことです。そのときは、「むづかしいなあ」と思っていましたが、同会の若手の方々が資料を整えているのを見ているうちに「これならやれそうだぞ」と思い直しました。

資料収集と第一次選考の主役を勤めたのは、同会の事務局長、富永晃行さんです。先ず明治中期から終戦直後までの「国語」と「修身」の教科書四〇〇〇編の物語から百編余りに絞り、更にそのなかから候補になる二十五編を選択しました。その過程で、約四十名の父母・教師の方々に百編をお届けし、それぞれの物語に対する段階評価とコメントを書いていただきました。

二十五編を十八編に絞りこむ選考と、文章を読みやすくする修正作業は、明成社の会議室で数回にわたり、長時間をかけて行われました。福岡にお住まいの小柳陽太郎さんには、その都度上京を煩わせました。

最終稿は、九次にわたる修正を経たものですが、第一次草案の作成直後に、四十名の父母と百名の小・中学校児童・生徒に試読を依頼し、感想を書いていただきました。その資料は、本書を仕上げるうえに大いに役立ちました。

編集の過程では、思わぬ発見に遭遇するケースがいくつかありました。その一つは関東大震災を題材にした「焼けなかった町」の地名です。出典教科書には書かれていませんでしたが、協力者が地元の年輩者を訪ね、それが神田の佐久間町と和泉町であることを確かめたのです。また、「佐吉と自動織機」では、愛知県にあるトヨタグループの産業技術記念館をたずね、担当の方から様々な資料を頂戴しました。「通潤橋」の場合も地元の協力者による聞き取り調査が行われました。「夕日に映えた柿の色」に使われている有田焼の写真二点は、当代の酒井田柿右衛門さんに直接お選び頂いたものです。

絵と装丁については、当初からぜひ西島伊三雄さんにお願いしたいと考えていたところ、幸いにも西島さんと交友のある方が仲介に立って下さった御蔭で、当方の希望がかなえられました。

素晴らしい絵によって物語の夢が広がり情感が深まったことは、本書の企画をすすめてきた私にとってこのうえない喜びです。

●本編は、以下の物語を読みやすく現代風にリメークしたものです

①嵐の中の灯台
坪内雄蔵著『國語讀本 高等小學校用 巻二』《明治33年・5年生用》
「第四・五課 燈臺《上・下》」

②小さなネジ
『尋常小學國語讀本 巻十二』《大正12年・6年生用》
「第十二課 小さなねぢ」

③青の洞門
『尋常小學國語讀本 巻十二』《大正12年・6年生用》
「第二十一課 青の洞門」

④ハエとクモに助けられた話
『高等小學讀本 三』《明治36年・6年生用》
「第五課 蝿と蜘蛛とに助けられた話」

⑤父の看病
『國語 第五學年 中』《昭和22年・5年生用》「九 父の看病」

⑥佐吉と自動織機
『國語 第五學年 上』《昭和22年・5年生用》「五 発明二つ・自動織機」

⑦助船
『高等小學讀本 二』《明治37年・5年生用》「第五課 助船」

⑧緑の野－デンマーク復興の物語
『國語 第六學年 上』《昭和22年・6年生用》「三 みどりの野」

⑨笛の名人
『小学國語讀本 巻七』《昭和11年・4年生用》「第九 笛の名人」

⑩五人の庄屋
『尋常小學修身書 巻六』《昭和14年・6年生用》「第十 協同」

⑪競馬
『尋常小學讀本 巻九』《明治43年・5年生用》「第二十四課 競馬」

⑫応挙と猪
『尋常小學修身書 巻四』《昭和12年・4年生用》「第十二 仕事に忠實に」

⑬ハンタカ
『こくご 三』《昭和22年・2年生用》「二 花まつり・はんたか」

⑭焼けなかった町
『初等科修身 二』《昭和17年・4年生用》「九 焼けなかつた町」

⑮夕日に映えた柿の色
『尋常小學國語讀本 巻十』《大正11年・5年生用》「第九 陶工柿右衛門」

⑯通潤橋
『初等科修身 三』《昭和18年・5年生用》「六 通潤橋」

⑰心に太陽を
『国語 第六学年 中』《昭和22年・6年生用》「五 心に太陽をもて」

⑱稲むらの火
『小學國語讀本 巻十』《昭和12年・5年生用》「第十 稲むらの火」

※著作権については、文部省教科書課より、出典明記以外の条件はないとの回答を得、その方向で編集致しましたが、もしお気づきの点がございましたら、編集者までお申し出下さい。

小柳陽太郎（こやなぎ・ようたろう）
大正12年　東京市（当時）に生まれ、のち佐賀市に移る。
昭和18年　東京帝国大学文学部在学中に学徒出陣。
昭和21年　復員後転学した九州帝国大学国文学科を卒業。福岡県立修猷館高校教諭を経て、九州造形短期大学教授を務める。
主な著書に『戦後教育の中で』（国文研叢書）、『教室から消えた「物を見る目」、「歴史を見る目」』（草思社）、共著に『歴代天皇の御歌』（日本教文社）、『平成の大みうたを仰ぐ』（展転社）などがある。
㈳国民文化研究会副理事長。

西島伊三雄（にしじま・いさお）
大正 12年　福岡市に生まれる。
昭和 18年　佐世保第一海兵団入団。
戦後は二科会、日本宣伝美術会審査員、佐賀大学特設美術科講師等を務める。世界観光ポスターコンクール最優秀賞、日本観光ポスターコンクール最優秀賞、福岡市文化賞、西日本文化賞等を受賞。福岡市地下鉄各駅シンボルマークや、博多駅、県庁の壁画など幅広い仕事の他、童画に独特の境地を開く。平成 12年　勲五等旭日章叙勲。

石井公一郎（いしい・こういちろう）
大正12年　東京市（当時）に生まれる。
昭和18年　慶応義塾大学在学中に学徒出陣。
昭和21年　慶応義塾大学経済学部卒。ブリヂストンタイヤ㈱入社。同社取締役、専務、ブリヂストンサイクル㈱代表取締役会長を経て、臨時教育審議会専門委員、東京都教育委員を務める。
主な著書に『経営者からの教育改革案』（築地書館）、『回想　学徒出陣』（中央公論社）等がある。日本会議副会長。

竹中俊裕（たけなか・としひろ）
昭和37年　北九州市に生まれる。
昭和58年　九州造形短期大学卒。
西島伊三雄氏に師事し、そのスタッフとして活躍。ＮＴＴハローページ表紙イラストコンペ「金賞」、アジア太平洋博覧会愛称募集「最高賞」（よかトピア）、九州グラフィックデザイン展「会員最高賞」、福岡市民芸術祭「招待作家最高賞」、佐賀県伝統地場産品シンボルマーク「最高賞」、ハートビル法シンボルマーク「最高賞（建設大臣賞）」等を受賞。

親子三代で読める感動の物語

嵐の中の灯台　軽装版

 ISBN978-4-905410-09-6 C0037

平成二十四年三月十五日軽装版第一刷発行
平成二十八年八月二十日軽装版第三刷発行

監　修　小柳陽太郎
　　　　石井公一郎
編　集　家庭読本編纂会
　　　　（事務局長　富永晃行）
絵　　　西島伊三雄
　　　　竹中　俊裕
発行者　小田村四郎
発行所　㈱明成社
〒154-0001　東京都世田谷区池尻三―二一―二九―三〇二
☎〇三（三四一二）二八七一　FAX〇三（五四三一）〇七五九
印刷所　モリモト印刷株式会社